الغرفة رقم ٣ – وسم مامون

القضية الأولى

بسم الله الرحمن الرحيم

عنوان الكتاب: الغرفة رقم ٣-وسم مامون

اسم الكاتب: وائل سامي

ISPN: 9798224821228

جميع الحقوق محفوظة

اهـــداء

عندما بحثت عمن اهدي اليه هذا العمل لم أجد من هو أحق من أمي لا أوفيها فضلها يوماً فلقد ساندتني هي وجميع إخوتي منذ البداية وكانوا نعم العون فإليك يا أمي والى إخوتي الأعزاء أشكركم وأهدي إليكم كتابي الأول

وائل سامي

الزمن: القرن التاسع عشر

اليوم: الثالث عشر من سبتمبر ١٨٩٠

المكان: لندن – انجلترا

اندفع غلام لا يتعدى عمره التاسعة بنزول السلم الطويل قفزا في مرح وهو يهتف:

- مسز سكوت ... مسز سكوت

وقفت كاثرين خلف الكونتر في مدخل الفندق متأففة فلم تكن تحب ان يعلو الصوت في فندقها فهي تحرص دائما على سمعة الفندق رغم انه لم يكن فندقا كبيرا ذو سمعة بل في الاصل كان منزلا قديما من دورين يحوي تسعة غرف واسعة تحيط به حديقة صغيرة انيقة كان في الاصل ملكاً لاحد اقاربها البعيدين ولقد قامت هي بعد ان آل اليها المنزل بجهد كبير بتحويله الى فندق صغير على اطراف المدينة كانت قد عملت معظم حياتها في فنادق المدينة وكانت تحلم طوال حياتها ان تمتلك فندقها الخاص بها وقد فعلت ولذلك لم تكن تسمح لأي شخص ان يقلل من احترام فندقها او نزلاءها فعدم تقدير

المكان في نظرها عدم تقدير لها ولجهدها واحلامها ، لذا فقد استدارت بكامل كيانها الى ادوارد الصغير وهي تقول :

ـ كم من المرات يجب ان اخبرك الا ترفع صوتك بهذا الشكل انا هنا ولن اذهب الي اي مكان لا تجعلني اتعامل معك بطريقة مهينة.

كان ادوارد يلهث من فرط الركض والعمل طوال اليوم رغم ان الساعة لم تتجاوز الثالثة والنصف بعد فقال وسط لهاثه وكأنه لم يسمع حرفا مما قالت:

ـ مسز سكوت لقد انهيت جميع الاعمال نظفت ولمعت الارضيات وقمت بتنظيف الحمامات وازلت الغبار عن الستائر والاثاث هل يمكنني اخذ استراحتي الان؟

نظرت كاثرين الى ساعتها العتيقة التي تقف شامخة في ركن المكان لم تكن متسامحة تماما مع تجاهله لكلامها ولكنها تغاضت عن الامر لصغر سنه كان فتى ذكيا ونشيطا ذو وجه مرح وضحوك ورغم ان مسز سكوت تحبه وتجد في صحبته بعض العزاء بعد ان توفي عنها زوجها ورفيق كفاحها مستر وليم سكوت الذي كان طاهيا في نفس الفندق الذي عملت به

تعارفا وتحابا وامتلكا نفس الحلم ولكن القدر لم يمهله فتوفي عنها دون اولاد لتبقى وحيدة كل هدفها في الحياة ان تحقق حلمهما وقد فعلت ذلك بجهد يفوق قدرة امثالها على التحمل ولكنها لم تيأس وتجاوزت كل العقبات التي واجهتها وها هي تقف الان في حلمها الذي جمع بينها وبين زوجها .

اعادت النظر الى ساعة يدها ثم الى ساعة الحائط وقالت لإدوارد الصغير:

- تبقى نصف ساعة على موعد استراحتك اذهب واسقي النباتات في مدخل الفندق.

تأفف ادوارد وقال:

- ولكنني جائع الان

تنهدت كاثرين وقالت له:

- حسنا اذهب وعد بعد ساعة من الان واياك والتأخر سأخصم من اجرك.

قفز ادوارد من الفرحة وتعلق في رقبتها يلثمها على وجنتها وهي تضحك قبل ان يندفع مغادرا المكان ومسز سكوت تهتف من خلفه:

ـ ساعة واحدة لا تتأخر.

لم ينتبه ادوارد الى ما قالت او انتبه ولم يعره اهتماما فهو يعلم ان مسز سكوت رغم انها تبدو قاسية الا انها طيبة القلب لم تعاقبه يوما من قبل وتعامله كابنا لم تنجبه، لم يكن بالفندق عمال غيره وثلاثة اخرين، خادمة افريقية بدينة لها وجه مرعب ولكنها طيبة القلب تعنى بنظافة الغرف وغسل الملابس والمفروشات والطاهي جيرالد وكذلك حارس البوابة اودي ويقوم بجانب عملة برعاية الحديقة وتقف كاثرين في الاستقبال.

كان رذاذ المطر يتساقط من السماء ولم يكن بيت ادوارد بعيدا ولكنه كان يعلم جيدا انه سيتأخر اكثر مما منحته مسز سكوت كان ابنا لاحد العمال الذي ساهم في اعمال ترميم المنزل ولكنه سقط من على واجهة الفندق اثناء طلائه فتوفى على الفور وادوارد مازال في السابعة من عمره ولقد بذلت كاثرين جهدا كبيرا لأقناع زوجته بعدم نشر الخبر حتى لا تكون

دعاية سيئة يتشاءم الناس بعدها من الفندق وقيل انه مات في فراشه وتم نقله سرا إلى منزله وقبل عام واحد اصطحبته والدته الى الفندق وكان قد بدأ يحقق بعض النجاح وطلبت من مسز سكوت ان يعمل صغيرها بالمكان ليستطيعا مواجهة الحياة بعد موت عائلها ونفاذ مدخراتها واضطرارها للعمل بالحقول البعيدة لجني المال ووافقت كاثرين على الفور فقد كانت تعطف على ادوارد كثيرا ويثقل كاهلها احساس بالذنب انها كانت السبب في يتمه رغم انها كانت في المدينة في ذلك اليوم لشراء بعض متطلبات المكان الا انها لم تتجاوز عن انه توفي وهو يعمل في فندقها وبسبب فندقها و مما اورثها شعور بالذنب ايضا اخفاءها لحقيقة وفاته .

لم يكن بالفندق زبائن كثيرون اليوم ، فقط ثلاث غرف مشغولة ، نهضت من مكانها واخذت تنسق الزهور على الطاولة في الاستقبال، هناك مستر جيفرسون وزوجته بالغرفة رقم واحد هادئان تماما ليس لديهم طلبات كثيرة وقليلا ما يبقيان في غرفتهما جاءا من اجل بعض الاعمال في البلدة ويبدو ان جيفرسون لا يطيق الابتعاد عن زوجته او انها تشاركه اعماله لا يهم ، كانت المنضدة يحيط بها انتريه جميل

مكسو بالقطيفة اعد لاستراحة النزلاء والسمر واحيانا ما يجتمع النزلاء عليه لشرب شاي الخامسة كأحد العادات الانجليزية العتيقة التي لم تلتزم بها يوما فقد كانت بولندية الاصل قامت برش بعض العطر على الوسائد ثم جلست علي الاريكة في تعب ، وهناك مستر هنري العجوز المراهق بالغرفة رقم ثلاثة وهو احد جباة الضرائب فيما مضي قبل ان يتقاعد ويستثمر امواله في تجارة المحاصيل الزراعية وكان يأتي كل عام ليقضي شهرا بأكمله بالفندق ينهي خلاله اعماله ويرحل محملا بلعنات كل من بالفندق فلقد كان قاسيا اكتسب من عمله في جباية الاموال لسانا سليطا وتكبرا واضحا كما انه كان دائم التحرش بها وكان عليها ان تتحمله فهو احد الزبائن الاثرياء المهمين للفندق كما ان الفترة التي يقضيها بالمكان ليست بالصغيرة وكان يرحل كل صباح بعد تناول الافطار ويعود في الغروب .

نهضت في تثاقل الى باب الفندق ونادت على اودي البواب ليقوم بتنظيف العربة وغسلها فيجب ان تحضر بعض الاشياء من البلدة ودخلت مرة اخرى إلى الكونتر.

وهناك مستر جاكوب بالغرفة رقم ٥ صائغ يهودي يمر كل حين بالفندق في طريقه إلى المدينة ويبدو انه يفضل الاقامة في هذ الفندق الرخيص عن فنادق المدينة الباهظة فقد كان شحيحا كبني جلدته يأتي بغير انتظام يقضي يوما او يومان ويرحل دون ضوضاء.

كانت الساعة قد بلغت الرابعة عندما دخل مستر هنري على غير عادته من الخارج وتقدم نحو الكونتر بالاستقبال وقال:

- كاثرين انا متعب لقد كان نهارا لعينا ان هؤلاء الفلاحين لصوص اولاد زواني خبريني هل طعام الغداء جاهز؟

امتعض وجه كاثرين لرؤيته ولكنها رسمت على وجهها ابتسامة محسوبة وقالت:

- بالطبع مستر هنري هل تفضل تناول الطعام هنا ام في غرفتك؟

- في غرفتي سيكون ملائما كنت اتمنى ان ابقي واطالع وجهك الجميل ولكن لدي بعض الامور لأنهيها.

ناولته مفتاح غرفته وهي تشكر الرب على قراره وتقول:

ـ حالا مستر هنري.

ـ يا لك من زهرة برية عزيزتي كاثي كنت اتمنى ان أدعوك لتناول الطعام معي بغرفتي ولكني اعلم إنك سترفضين دعوتي.

ـ صحيح ما ظننت سيدي واني لاعتذر لذلك فلدي كثير من العمل هنا.

ابتسمت بارتياح عندما تحرك من امامها دون كلمة اخرى بعد ان القى نظرة متألمة عليها وكأنما ضايقه كلامها.

تحركت ودخلت المطبخ لتخبر جيرالد الطاهي بأعداد الطعام لمستر هنري وأمرت الخادمة ديلما بإيصاله لغرفته فتأففت ولكنها اذعنت للأمر.

عادت كاثرين الي الكونتر واخرجت دفتر الحسابات واستغرقت في الامر قليلاً ، كانت جميع الغرف المشغولة على صف واحد تطل على الحديقة وواجهة الفندق وترى من خلالها المدينة ليست ببعيدة ، لندن العتيقة بمداخنها وهوائها الملوث ابداً تتوسط المسافة بعض الحقول المتناثرة ومنازل متواضعة بجوار ضيعة احد النبلاء وبالقرب من الفندق تتلألأ

بحيرة صغيرة انعكست عليها الوان الغروب وقد قاربت الشمس على الرحيل في يوم لم تقم بالكثير فيه فقد استمر تساقط رذاذ المطر طوال اليوم ولم تظهر بالأفق الا وقت الظهيرة ولكنها سرعان ما غابت خلف السحب لتظهر منذ قليل مودعة الارض الي حيث تقضي ليلتها نظرت الي ساعتها لقد تأخر ادوارد مرة اخرى تنهدت وعادت الى دفترها لحظات قبل ان تسمع صراخ ديلما بالطابق الثاني .

*****

تأففت كاثرين عند سماع صراخ ديلما واصدرت صوتا مستنكرا فكما ذكرنا لم تكن تحب ان يعلو صوتا بفندقها ولكنها انتبهت ان هذا الصوت يعني كارثة فلم تكن ديلما من معتادي الصراخ الهستيري لدى النساء عند رؤية حشرة او فأر وقليلة الاشياء التي يمكن ان ترعب ذلك الوجه! هكذا فكرت وهي تهرع من خلف الكونتر ترتقي السلالم إلى الطابق الثاني. هل مات مستر هنري؟ لا يمكن ان يكون قد تحرش بديلما فالأمر يحتاج شجاعة غير عادية وطن من الخمور ليراها جميلة او لا يراها اساسا كانت قد وصلت الى الطابق الثاني ورأت على الفور ديلما تقف امام غرفة مستر هنري مع الصائغ اليهودي لم يكن مستر جيفرسون وزوجته بالفندق وكان الاثنين ــ جاكوب وديلما ـفي حالة من الجنون يضربان الباب بقبضاتهم ويركلانه وهم يصرخون باسم مستر هنري في حين استلقت عربة الطعام على جانبها وقد انسكبت الاواني والاطباق بما فيها على الارض تحيط بهم جميعا بقعة من سائل وردي مائل للحمرة.

ورغم ما استوعبته كاثرين الا انها لم تفهم ما يحدث فأسرعت الى ديلما وهي تحني راسها لمستر جاكوب في تحية واعتذار

في نفس الوقت عن الازعاج الذي حدث وامسكت ديلما من معصمها لتجذبها اليها في غضب وبصوت ارادت ان يكون خفيضا سألتها:

- ماذا تفعلين؟!! ماذا حدث؟ هل جننت ؟!!

ردت ديلما لاهثة:

- الدماء ... ساعديني يجب ان ننقذ مستر هنري.

- لن ننقذ أحدا إذا لم تخبريني ما حدث.

شرعت ديلما تحكي وتشرح في كلمات سريعة واشارات بلهاء وسط بكاء شوه معظم حروفها الا ان كاثرين فهمت ان ديلما توجهت تدفع عربة الطعام إلى الغرفة رقم ٣ وطرقت الباب ولما لم تجد ردا حاولت فتح الباب ولكنه كان مغلقا من الداخل فطرقت الباب مرة اخرى ولكنها لم تجد جوابا ايضا فخمنت ان مستر هنري في حمام الغرفة او ما شابه وكل الغرف بها حمام ملحق بها فانتظرت قليلا ثم بدأت بسماع صوت غريب من داخل الغرفة كما لو كان مستر هنري يختنق او يغرق وتلاه صوت مياه تدفق كما لو كانت على شفا نهر فأنصتت قليلا ووضعت اذنها على الباب فتأكدت من سمعها مستر

هنري يختنق حقا داخل الغرفة فطرقت الباب اكثر وهي تهتف باسمه فسمعها مستر جاكوب وخرج من غرفته بالمنامة وعندما رأيها هلعة هلع مثلها واندفع قبل ان يفهم ما يحدث دافعا بعربة الطعام بعيدا وقد استقر في عقله ان مستر هنري في خطر طرق الباب بقوة ولكن لم يجاوبهم غير صوت الحشرجة وصوت المياه المتدفقة كان هذا حين انتبهت انها تقف ومستر جاكوب فوق بحيرة من الدماء تتدفق من اسفل باب الغرفة .

****

يا لك من حمقاء يا ديلما

لقد أزعجت الجميع حقاً. ما يدريك ان مستر هنري في خطر ربما خانتك أذناك ومن قال ان هذه دماء ربما انسكبت زجاجة من النبيذ.

يا لك من حمقاء يا ديلما

وأي كارثة لو كنت صادقة

ستكون ضربة في مقتل لو مات العجوز في فندقها

ان هذه الجريمة ستدمر مستقبل الفندق بالتأكيد

لا لا يمكن ان يحدث هذا في فندقها لا يمكن. انها تقف في مدخل الفندق ولم يدخل غريب الى الفندق ويستحيل الوصول إلى الغرفة عبر واجهة الفندق دون ان يراه اودي.

اللعنة على ذلك. اقتربت من الباب وقد تراجع كل من مستر جاكوب وديلما ليفسحا لها المجال. طرقت الباب برفق فلم تطاوعها يدها ان تطرقه بعنف، طرقات خفيفة وهيا تنادي بأدب جم:

ـ مستر هنري انا مسز سكوت هل انت بخير؟؟ هل ...هل كل شيء على ما يرام ؟؟.

انصتت ولكن لم يكن ثمة صوت يصدر سوى صوت لهاث ديلما وجاكوب، توترت مسز سكوت طرقت الباب مرة اخيرة ولم تنتظر جوابا بل اندفعت تعبر الممر الى السلم ثم مدخل الفندق حتى وصلت الكونتر الخارجي فأخرجت علبة معدنية من أحد الادراج تحتوي مفاتيح الغرف الاحتياطية ولكن العلبة سقطت ارضا وتناثرت المفاتيـــح

التسعة على الارضية.

ـ تبا.

هتفت كاثرين واسرعت تجمع مفاتيحها في العلبة ثم التقطت المفتاح الخاص بالغرفة رقم ٣ واندفعت كالسهم تصعد السلالم وتركض في الممر الطويل حتى اجتمعت مرة اخرى مع ديلما ومستر جاكوب الذين كانا قد توقفا تماما عن اي اجراء وكأنما سلما الامر نهائيا اليها.

توقفت واخذت نفسا عميقا لتتمالك نفسها وتستعيد رباطة جأشها ـفقد كانت اول مرة تحتاج لمثل هذا الاجراء ـقبل ان

تتقدم نحو الباب في تردد وتطرق برفق ونادت للمرة الاخيرة على مستر هنري في حين وقف جاكوب وديلما يرتجفان بلا سبب في الواقع غير الخيالات والتصورات التي ازدحمت في رؤوسهم عما يمكن ان يجدا عند فتح الباب.

ولما لم تجد مسز سكوت جوابا سوى الصمت المترقب حسمت امرها فتراجعت الى الوراء ودفعت المفتاح نحو ثقب الباب الا انها توقفت فجاءة وقفزت للوراء كالملدوغة وهي تهتف:

– ما هذا بحق الشيطان !!؟

كان جسدها يحجب الرؤية عن ديلما ومستر جاكوب فاقتربا يمطان عنقيهما في فضول الا ان مسز سكوت استدارت في ذهول اليهما وهي تكرر:

– ما هذا الذي يحدث هنا بحق الشيطان من فعل هذا.

اشرأبا عنقا ديلما وجاكوب لينظرا خلف ظهرها ولم يكن هناك شيء ملفتاً فخلف كاثرين وقف الباب صامتا غامضا وفي منتصف القائم الايمن تألق مقبض انيق من النحاس الاحمر

وبخلاف ذلك لم يكن ثمة شيء حتى ان جاكوب تكلم لأول مرة في رعب ولده الموقف والتوتر:

ـ ماذا هناك هل أحضرت المفتاح الخطأ ام ماذا؟

اجابت مسز سكوت بصوت تحشرج وهي تشير إلى مقبض الباب:

ـ اين الثقب لا يوجد ثقب للمفتاح !!

عاد كلا من مستر جاكوب وديلما بنظرهما الى المقبض ليدركا في هذه اللحظة فقط ان المقبض النحاسي الانيق لا يحتوي على اي ثقوب من اي نوع فقد كان مصمتاً تماماً

وارتعد الجميع في رعب.

******

هوى جاكوب بكتفه على باب الغرفة اللعينة الذي بدا كحصن لا يتزحزح وانضم اليه جيرالد واودي بعد ان استدعتهما ديلما بسرعة ووقفت كاثرين تراقب الموقف وهي تصلي الا تجد مستر هنري مقتولا خلف الباب!!. افكار شتى تنازعت في راسها عن مجيء مستر هنري باكرا وشخصيته المكروهة التي قد تدفع احداهم لإيذائه حاولت ان تخمن مِنْ مِن الموجودين يمكن ان يؤذي مستر هنري الا انها لم تصل إلى نتيجة فهو وان كان شخصا فظا متكبرا الا ان ذلك لا يمكن ان يدفع أحدهم لإيذائه هل اكتشف لصا لدى عودته في غير موعده هل ترصده أحد ممن يتعامل معهم وتبعه إلى هنا اخذت تردد في داخلها:

- رباه لن تقوم لي قائمة بعد هذا. هذا سيء للأعمال ماذا لو كان مستر هنري بخير كيف سأبرر اقتحام غرفته؟ كان يجب ان ابلغ الشرطة، هذا سيء، ماذا لو كان هناك فرصة لإنقاذه هل تتركها حتى تأتي الشرطة فتخلي مسئوليتها لا لن تتخلى عن انسان خوفا من المسئولية والعقاب ولان يغضب فيما بعد أفضل من ان يكون في محنة وتتخلى عنه.

حزمت امرها وتقدمت نحو الباب لم تكن تدري بالضبط ماذا ستفعل ولكنها شعرت بالحاجة لعمل شيء فلقد طال الامر واكتاف الرجال لم تنجح في زعزعة الباب وكأنه قُدّ من فولاذ سمعت ادوارد يهتف باسمها من الطابق السفلي يبدو انه قد عاد ووجد الزوجين جيفرسون يقفان على الكونتر ولكنها لم تعر كل هذا اهتماما لو كان مستر هنري في خطر فعليها انقاذه باي ثمن كان.

وما ان اقتربت من الباب حتى ارتج الفندق كله فجأة مع صوت انفجار قوي من داخل الغرفة اطاح بالباب في وجه كلا من جيرالد واودي فسقطا ارضا واندفعت من داخل الغرفة رياح ساخنة لفحت حرارتها الوجوه وضوء مبهر اجبر الجميع على تغطية عيونهم بأيديهم اتقاء الحرارة والضوء ثم هدأ كل شيء، في لحظات توقف هبوب الريح وانطفأ الضوء وعاد كل شيء الي طبيعته باستثناء سحب الغبار التي غطت كل شيء وخمسة وجوه واجمة تتطلع برعب الى الفراغ الذي خلفه الباب ـالى الغرفة رقم ٣.

****

الزمن: القرن الواحد والعشرون

اليوم: الحادي عشر من سبتمبر ٢٠١٨

المكان: لندن – انجلترا

تقدم سعيد فرج بصعوبة بالغة وهو يحمل في كل يد حقيبة ثقيلة وثالثة على كتفه نحو مكتب الاستقبال الفخم الذي وقف خلفه شاب انيق في زيه الرسمي كحلي اللون المزين بشعار الفندق ابتسم في وجه سعيد قائلا بلغته الانجليزية الفاخرة:

- مرحبا بك سيدي في فندق .... ارجو ان تكون رحلتك موفقة هل هناك حجز مسبق؟

وضع سعيد اثقاله ارضا وهو يلهث ثم اجاب قائلا:

- نعم هناك حجز قامت به جامعتي باسم سعيد فرج

- هل هذه اول مرة تزور المملكة سيدي؟

- في الحقيقة نعم

- دراسة؟

- عمل وجمع بعض الابحاث للجامعة لقد تم الحجز لأسبوع أعتقد.

- نعم هذا صحيح هل لي بجواز سفرك سيدي.

ارتبك سعيد وانحني الى الحقيبة الي كان يحملها فوق كتفه فغاب عن اعين الشاب الذي رفع حاجباه انتظاراً ومللاً وكأنما لم يعتد هذا من قبل إلى ان اعتدل سعيد واضعاً جواز السفر فوق الكونتر وهو يبتسم قائلا:

ـ معذرة لم اعتد السفر.

ـ لا عليك سيدي.

وتناول جواز السفر وهو يراجع شاشته ويضرب بعض الازرار قبل أن يقول:

ـ حسنا سيدي الحجز صحيح الغرفة رق...

تجمد الموظف للحظة قبل ان ينفض راسه في ارتباك ودهشة مما دفع سعيد إلى سؤاله:

ـ ما الخطب هل هناك خطأ في الحجز؟

استعاد الشاب ابتسامته الانيقة بسرعة قبل ان يقول:

ـ لا يا سيدي لا مشاكل الغرفة جاهزة ثم التفت الى رجل عجوز يرتدي ثياب الفندق الحمراء الخاصة بالخدمات وهتف وكأنما يبغي التخلص من هذا الموقف بسرعة:

ـ ادوارد غرفة رقم ١١ الطابق الثالث.

اقترب ادوارد محني الظهر قليلا يدفع عربة الحقائب امامه الا ان سعيد اوقفه وهو يخاطب الشاب قائلا:

- اعتقد ان الحجز للغرفة رقم ٣ لابد أنك اخطأت الرقم.

قال الشاب في ثبات وقد تجمدت نظرته:

- الغرفة رقم ٣ غير متاحة سيدي واثق أنك ستجد الغرفة رقم ١١ أكثر راحة ومُرضية تماما.

تململ سعيد في ضيق وهو يقول:

- في الحقيقة لا ليست مُرضية تماما، كنت أفضل الغرفة رقم ٣ بالطابق الأول فانا أحب ان اكون بقرب الحديقة والزهور فهلا ابقيت الحجز كما هو؟

- لا يمكن سيدي كما اخبرتك الغرفة ٣ غير متاحة.

- ليس هذا ما قاله الموظف الذي أجري الحجز انا لا افهم السر هل تجاهلتم الحجز واسكنتم غيري ان هذا يسيء لسمعة الفندق الا تظن ذلك.

تلعثم الشاب وهو يقول:

- لقد أخطأ الموظف حتما سيدي تقبل اعتذاري الرسمي عن الفندق.

- هل هي مشغولة.

- لا.

- إذا أريدها فقد سبق وحجزتها ودفعت ثمن اقامتي بها.

ارتبك الشاب بشدة وهو يقول:

- اسف سيدي غير ممكن ان الغرفة غير جاهزة لاستقبال النزلاء.

- سأقبل بها على حالتها.

- سيدي !!.

ارتكز سعيد بمرفقيه على الكونتر ونظر في عيني الشاب مباشرة وقال:

- انا أصر على غرفتي خذ الوقت الذي يلزمك في تجهيزها، لست في عجلة من امري

تنهد الشاب قائلا:

ـ هل انتظرت قليلا سيدي.

زفر ادوارد العجوز في توتر في حين اندفع الشاب إلى غرفة خلف الكونتر اختفى فيها لحظات قبل ان يعود ومعه كهلا اشيب قوي البنيان حاد النظرات التقط جواز سفر سعيد دون كلمة ثم نظر إلى سعيد في تعالي قائلا:

ـ هل انت عربي يا سيد سعيد.

اجاب سعيد والتحدي يملأ ملامحه:

ـ نعم من مصر هل هناك مشكلة؟

اجاب الرجل بنفس التعالي:

ـ لا مشكلة ادوارد الغرفة رقم ١١.

تشبث سعيد بالحقيبة وهو يهتف:

- لقد سبق واوضحت موقفي اريد الغرفة التي تم حجزها وا

......

قاطعه الاشيب وهو يقترب بوجهه من وجه سعيد في صرامة قاسية:

- سيدي انا لا اعرف من انت ولا يهمني ان اعرف لماذا تفتعل المشاكل او اصرارك بلا مبرر على غرفة غير مجهزة، الغرفة رقم ١١ هي المتاحة اما ان تقبل بها او يمكن لجامعتك استرداد المبلغ الذي دفعته مع خالص اعتذار الفندق.

ثم استدار منصرفا إلى غرفته وسط ذهول سعيد الذي تخلت يده عن الحقيبة فرفعها ادوارد العجوز وما ان ارتفعت سنتيمترا واحدا حتى افلتت من يده من فرط ثقلها فهتف سعيد قائلا:

- حذار يا هذا بها اشياء قد تنكسر.

نظر ادوارد في مقت الى سعيد ثم رفع الحقيبة ووضعها على العربة وهو يتمتم بلعنات وكلمات عن الاحجار التي تملأ الحقائب وما ان وضع الحقائب على العربة حتى تحرك دافعا العربة امامه فلم يجد سعيد مفرا من ان يتبعه في ضيق وقد اسقط في يده الى المصعد وتوقفا امامه في انتظار ابوابه

الفضية لتفتح عند وصوله ، كان الفندق مكون من ٥ طوابق تم تجديده واضافة الطابقين في ثمانينيات القرن العشرين كانت لندن قد نمت وتضخمت والتهمت المسافة الشاسعة التي كانت بين الفندق والمدينة فصار على مشارف المدينة العتيقة وقد جفت البحيرة بالجوار وكذلك ازيلت معظم الحقول التي كانت تحيط به تحت وطئت المدينة التي لا ترحم .

انفتحت ابواب المصعد فدفع ادوارد العربة الى الداخل والقى التحية على عامل المصعد _وهو شاب اسمر نحيل يرتدي نفس الزي الذي يرتديه ادوارد_ بهمهمة غير مفهومة وطلب منه الصعود الى الطابق الثالث فضغط العامل زر الطابق الثالث وبدأ المصعد رحلته.

كان المصعد بطيئا نوعا وقدر سعيد ان ذلك يرجع الى صغر حجم الفندق فخمس طوابق ليست بالكثير شرد ذهنه للحظة وهو يفكر:

ـ صبرا ايتها الغرفة اللعينة، انت لي، ساراك قريبا فتحل بالصبر انت لم تقابل ارادة كإراداتي، انت لم تري شيئا بعد.

انتبه على توقف المصعد الذي ما ان انفتحت ابوابه حتى تحرك ادوارد في صمت دون ان يدفع امامه العربة فناداه سعيد ولكنه لم يجب فارتبك سعيد بين حقائبه وانتبه في هذه

اللحظة ان عامل المصعد قد اختفى وان المصعد يقف في الطابق الثاني لا الثالث فعاد في دهشة ينظر لإدوارد الذي اجتاز الردهة حتى الغرفة الثانية على اليمين وفتحها على الفور دون مفتاح ودخل في صمت وانغلق الباب خلفه.

بُهت سعيد وتوقف عقله عن التفكير لبرهة هل يتبعه ام ينتظر في المصعد ولماذا لم ينغلق الباب المتحرك هل تعطل المصعد؟ وقف يتطلع إلى الردهة امامه في دهشة وارتباك وفجأة انفتح باب الغرفة واندفعت من الداخل اشياء طائرة كالأشباح شبه شفافة كأشباح السينما اندفعت نحوه بسرعة لم تمهله في فهمها وتفحصها فارتد الى الخلف في فزع فتعثر بشيء ما وشعر بنفسه يسقط ارضا فمد يده في محاولة للتمسك باي شيء وفجأة اختفى كل شيء ووجد نفسه مازال في المصعد والباب مغلق والمصعد يتجاوز الطابق الثاني وقد وقف عامل المصعد لا يستطيع كتم ضحكاته انتبه في هذه اللحظة انه يجلس فوق ادوارد وقد سقط فوقه وأسقط معه الحقائب.

ـ اضحك يا فتى فانت لم ترى ما رأيت.

فكر سعيد وهو ينهض من فوق ادوارد العجوز ومد اليه يده وهو يقول:

ـ اسف يا عم ادوارد لقد شرد ذهني وتعثرت.

ازاح ادوارد يد سعيد الممدودة ونهض ، ساعده سعيد في رد الحقائب إلى العربة وما ان انتهى حتى توقف المصعد فتحرك ادوارد بالعربة إلى ثاني غرفة على اليمين كما في الحلم او الهلوسة واخرج المفتاح وفتح الغرفة يتبعه سعيد الذي راح يتطلع إلى الغرفة في شرود فلم ينتبه إلى ادوارد الذي انحنى يضع الحقيبة على الارض فاصطدم به من الخلف اعتدل ادوارد على الفور وهو ينظر شزرا إلى سعيد الذي اعتذر في خجل وهو يضع يده في جيبه ويخرج بعض العملات ليدسها في يد ادوارد ولكن ادوارد ازاح يده بعنف وتوجه نحو باب الغرفة وأغلق الباب خلفه تاركا سعيد واقفا في وسط الغرفة وفي يده النقود ..

ـ لابد انه يكرهني حقا.

فكر سعيد واعاد النقود الى جيبه كان ثابت الجنان فعلا رغم فزعه السابق في المصعد فهو يعلم جيدا ما اتى لمواجهته ولن يستسلم او يفزع لبعض الهلاوس البصرية او الاصوات المفزعة لقد تجاوز مرحلة بيت الاشباح في الملاهي على من يريد ارعابه ان يبذل مجهودا اكبر من ذلك ، رفع احدى حقائبه ووضعها فوق الفراش ووقف يتأمل الغرفة كانت

الغرفة مريحة بها فراش وثير وخزانة للملابس بأربع دولف ويوجد كومود بجوار الفراش وضع فوقه مصباح (اباجورة) صغير ينم عن الذوق كما يوجد مقعدين مريحين بأذرع جانبية توسطهما منضدة انيقة رخامية وضعت فوقها منفضة زجاجية للسجائر وتوسطت الحائط الايمن نافذة كبيرة تطل على واجهة الفندق وفي الحائط الايسر باب يؤدي إلى حمام صغير ولكنه نظيف ، كانت الغرفة جيدة هكذا حدث نفسه .

القى بجسده على الفراش بجوار الحقيبة وهو يتذكر محادثته الاخيرة مع مريم خطيبته وزميلته بالجامعة تقدم لخطبتها وهو مازال طالبا وكان مخططا الزواج فور التخرج ولكن وفاة ابويه في حادث غير جميع الترتيبات.

كانا جالسين بغرفة الضيوف بمنزلها كلاهما مطرق الرأس لم يكن سعيد وسيما جدا ذو ملامح حاده وبنيان قوي لا يقارن بجمال مريم بعينيها الواسعتين الخضراوين وشعرها الاسود الطويل الذي انسدل على جانبي وجهها شفتين صغيرتين ووجه ابيض كالبدر كان دائما ما يعد نفسه محظوظا ان يفوز بمثلها ولكن في تلك الجلسة لم يكن يشعر بالحظ في جانبه ابدا.

تكلمت مريم اخيرا قائلة:

ــ لا أستطيع الاستمرار يا سعيد على هذا المنوال اعلم أنك معيد بالكلية الأن وينتظرك مستقبل رائع ولكن ...

صمتت قليلا تجفف دمعة فرت من مقلتها قبل ان تكمل:

ــ لا يمكنني الانتظار سبع سنوات اخرى اما ان تتحرك الان أو ....

لم تكمل عبارتها ولكنها وصلت كاملة الى وجدان سعيد الذي احمرت عيناه وهو يقاوم مشاعره محاولا الحفاظ على هدوءه بقي صامتا قليلا بعد ان انهت حديثها ثم قال:

ــ مريم ... انت تعلمين تماما أنى ابذل قصارى جهدي لقد اقتربت من انهاء رسالة الدكتوراه والدكتور حاتم يتعهدني برعاية بالغة ويساعدني بكل ما يستطيع فقد كان صديق والدي رحمه الله ويعتبرني ابنا له كما انه كلفني ببعض المهام التي سأجني من وراءها شهرة ومجد كبير في الاوساط العلمية وسيتبع ذلك مالا كثيرا وسنتزوج اعدك بذلك.

تململت مريم تحاول منع الكلمات التي احتشدت في حلقها للحظات قبل تنفجر قائلة:

ــ حاتم هذا مجنون ولن تجني من وراءه شيئا كل ما يفكر به الاروح والاشباح والعفاريت اي مجد الذي تسعي اليه من وراءه الا تفهم انه يضيع مستقبلك ومستقبلنا لا يا سعيد لم اعد

احتمل الانتظار انت لا تسمع تأنيب امي لي يوميا إن فتاة مثلي تستطيع الحصول على ما تريد من أفضل العرسان يمكنني الحصول على حياة مريحة رغدة ولكنني قبلت بك انت مضحية بكل هذا لأني احببتك لقد قمت بدوري وانتظرت ٧ سنوات كاملة ولكن لكل شيء نهاية اسفة يا سعيد انا...

نظر اليها في حزن وقال:

- مريم كيف تقولين هذا أعطني فرصة ارجوك سأسافر غدا وعندما اعود سيكون عندي الحل انشاء الله ولكن اصبري ابقي معي وثقي بي.

- مع السلامة يا سعيد ولكني لا اعدك بالانتظار ارجوك لا تحاول أكثر انا تعبت من....

لم تكمل حديثها واجهشت بالبكاء ولم يكن سعيد بحاجة إلى ان تكمل فنهض في صمت وغادر المكان تاركا مريم تنتحب وهو يعلم ان هذه الصفحة قد اغلقت في وجهه للأبد.

افاق من شروده فاخرج تليفون محمول وضرب رقما عليه وانتظر وما ان جاء الرد من الطرف الاخر حتى قال:

- لقد وصلت لم انجح في دخول الغرفة انا في الغرفة رقم ١١ بالطابق الثالث ادارة الفندق متعنتة في ذلك.

اجاب الطرف الاخر على الفور:

ـ أبقي مكانك

ثم أنهي المكالمة كان هذا هو الدكتور حاتم سيتصرف حتما انه على يقين من ذلك كما استطاع حجز الغرفة سينجح في وضعه بها لن يوقفه شيئا.

لم يكن يعلم مدى نفوذ د. حاتم او كيف يفعل هذا؟ من رجله هنا؟ ولكن كل هذا لا يهم.

مضت ساعة وهو على الفراش يفكر في الخطوة التالية وما يجب عمله وفي الدكتور حاتم وفي مريم.

مريم الجميلة الرقيقة كان يحبها حقا وقد عزم في نفسه ان يذهب اليها بعد عودته ويسعى في اصلاح الامور.

نهض وهو يحاول ان يدفع عن عقله كل هواجسه ليستعيد صفاء ذهنه سمع طرقات على الباب فأجاب:

ـ ادخل

فتح الباب وطالعه وجهي ادوارد العجوز وموظف الاستقبال الذي ابتدره قائلا:

ـ نعتذر سيدي عما حدث من سوء تفاهم ان الغرفة رقم ٣ جاهزة لاستقبال سيادتكم.

لم يحر سعيد جوابا وهو يتطلع إلى ادوارد العجوز وهو يدفع عربة الحقائب الى داخل الغرفة ويضع الحقائب عليها بنظام ثم يدفع العربة خارجا وموظف الاستقبال يشير لسعيد قائلاً:

- جيد إنك لم تفرغ حقائبك سيدي هل لديك متعلقات اخرى؟ جيد تفضل سأرشدك إلى غرفتك بنفسي.

تحرك سعيد وهو ذاهلاً من تغير اسلوب الحديث اي قوة تملك يا د. حاتم واي نفوذ الذي يجعل الادارة تغير موقفها خلال ساعة واحدة ؟؟

لم يشغل عقله كثيرا فقد حانت لحظة العمل فطرد كل الافكار من عقله واستعاد صفاء ذهنه وهو يقف امام سر

الاسرار وجحر الموت امام الغرفة رقم ٣

******

ما ان استقر سعيد بالغرفة حتى اخرج هاتفه واتصل بدكتور حاتم ليبلغه التطورات وما ان اجاب حاتم حتى ابتدره قائلا:

- انا في الغرفة رقم ثلاثة كيف حدث ذلك؟ .

- مالك الفندق صديقي وهو من استدعاني لمهمتك.

- مالك الفندق؟ حسنا هذا يفسر الكثير.

- عليك ان تبدأ العمل فورا باقي يومان فقط يجب ان يكون كل شيء جاهز اياك والخطأ فلن تسنح فرصة اخرى قبل اثنين وثلاثون عاما.

- افهم هذا.

وأنهى المكالمة وهو يتطلع إلى غرفته كانت صورة طبق الاصل من الغرفة السابقة في كل شيء تم تنظيفها على عجل ولم يكن ثمة شيئا مريبا غرفة عادية كأي غرفة.

اخرج من حقائبه بعض الاعمدة المتداخلة وثبت في طرفها حساسات للحركة واعمدة اخرى ثبت فوقها كاميرات ديجتال فائقة الحساسية تعمل كذلك بالأشعة تحت الحمراء تحسبا لانقطاع التيار الكهربي وقام بتوزيع كل هذا في زوايا الغرفة واوصل هذه بتلك حتى تلتقط الكاميرات اي حركة داخل المكان ثم ثبت بعض كاميرات المراقبة على الحائط حرص ان تغطي زواياها الغرفة بأكملها ثم اخرج جهازا صغيرا

يرصد الموجات الصوتية والمغناطيسية واوصله بحاسب ألي محمول (لابتوب)عليه برنامج يرصد ويسجل كل شيء اوصل اليه الكاميرات واجهزة الرصد واضاف الى المجموعة جهازين اوصلهما بالحاسب احدهم خاص برصد انبعاثات الطاقة والاخر خاص بتحليل الاشعة ورصدها ثم نثر الكثير من مصابيح الفلاش واوصل كل شيء بالحاسوب فصارت الغرفة اشبه ببيت العنكبوت .

تأمل عمله الذي استغرقه لثلاث ساعات كاملة كان يمكن ان يستخدم اشارات لاسلكية ولكنه خشي من حدوث تشويش نظر إلى ساعته انه وقت الغداء فكر لحظة لم يكن يريد ان يصعد أحد إلى الغرفة ويرى شبكة العنكبوت هذه ضرب بعض الازرار ليجعل النظام في وضع الاستعداد وتأكد من توصيلاته ثم قام بتغيير ملابسه وخرج من الغرفة بعد ان اغلقها خلفه بالمفتاح وتوجه الي السلم وقبل ان يطأ اول درجة سمع صوت تحطم الزجاج بالغرفة رقم ٣

******

دخل سعيد الغرفة بسرعة ورأى على الفور أحد المصابيح بمنتصف الحجرة وقد سقط على وجهه وتحطم!! أقامه وهو ينظر حوله ... النافذة مغلقة ... باب الحمام مقفل ... لا يوجد تيار للهواء بالغرفة ... كيف سقط هذا المصباح أسرع ينظر في الحاسوب المحمول ضرب بعض الازرار عجبا لقد انقطع اتصال جميع الأجهزة نظر إلى الاجهزة المتناثرة للحظة قبل ان يفهم ببطء ما حدث لقد اوصل جميع الاجهزة على التوالي لقد حدث انقطاع بأحد الاجهزة مما ادى الي انقطاع الدائرة كلها.

ـ خطأ مبتدئ.

نطقها في ضيق لم يكن بحاجة إلى فحص الاجهزة كلها لمعرفة اي منها سبب الانقطاع فأمامه على الارض استلقت مجموعة اسلاك مصباح الفلاش الذي اقامه منذ قليل وقد تم انتزاعها انتزاعاً من قاعدة المصباح.

ـ حسنا هل انتهت مرحلة الهلاوس والان نتعامل بالماديات؟ حسنا أنا لها.

اغلق الجهاز وغادر الغرفة يجب ان يعد معركته جيدا فكر ثم وضع علامة عدم الازعاج على مقبض الباب توجه إلى مكتب الاستقبال كان هناك شاب اخر غير الذي قابله عند مجيئه

ابلغه الا يدخل أحد الحجرة في غيابه لوجود اشياء ثمينة بها ثم توجه إلى غرفة الطعام فتناول غداءه وتوجه بعدها الى المدينة وقد امتلأ بعزم شديد على حل لغز هذه الغرفة الملعونة.

فور وصوله إلى المدينة توجه إلى المكتبة العامة يجمع ما يمكن ان يحصل عليه عن تاريخ هذا المنزل.

استغرق في عمله قرابة الساعتين قبل ان يغادر ويتوجه إلى دار البلدية ليقضي هناك ساعتين اخريين وخرج ليشتري كمية كبيرة من المعلبات والعصائر وبعض الاسلاك والقوابس ليعود إلى الفندق لقد استعد تماما الان وبقي التنفيذ الأخير.

كانت الشمس قد غابت عندما وصل إلى الفندق توجه على الفور إلى الاستقبال سأل عن اي رسائل ولما لم يجد تناول المفتاح من الشاب وتوجه إلى غرفته وفور دخوله شرع في العمل على الفور فاخرج الاسلاك والقوابس وبدء في عمل شبكة جديدة متوازية حيث يتصل كل جهاز بالكمبيوتر مباشرة واوصل الكمبيوتر بمخارج قوابس اضافيه تباع منفصلة بحيث لا تسقط الشبكة بالكامل عند فشل اي جهاز او وجود مشكلة به ثم قام برفع جميع المفروشات وتكديسها في ركن المكان وتثبيت الاعمدة بمسامير في الارضية وما ان انتهى حتى

وقف في منتصف الغرفة يراجع كل شيء ثم فتح جهاز الحاسوب ليضع اللمسات الاخيرة فاستثنى حركته في المكان حتى لا تؤثر حركته في الحساسات بما انه سيبقى بالغرفة كانت جميع الاجهزة تعمل بالبطارية في حالة انقطاع التيار الكهربي فلم يحمل هما لذلك وما ان انتهى حتى تراجع بظهره في الكرسي وفتح احد زجاجات الصودا وهو يقول :

- حسن ايتها الشيطانة الصغيرة هاتي ما عندك.

وقبل ان يرفع الزجاجة الي شفتيه افلتت الزجاجة من بين اnamele وهو يهب واقفا في فزع ففور انتهاء عبارته ترددت في الغرفة كلها ضحكات ساخرة مدوية صادرة من كل ركن فيها.

لقد قبلت الغرفة التحدي.

انطلقت الضحكات من جميع اركان الغرفة ضحكات شيطانية لا تمت للبشر بصلة تجمد سعيد في مكانه لحظة قبل ان يعود الى جهاز الكمبيوتر بسرعة ووضع السماعات على راسه وتأكد ان الميكروفون المتصل بالجهاز يعمل بكفاءة والبرنامج يقوم بتسجيل الصوت في ملف mp3 وقف في مكانه يتلفت حوله في صمت حتى توقفت الضحكات فقال بصوت عال ساخرا:

- هل هذا كل ما لديك هيا اخرجي اثقالك لن تفزعني بعض الاصوات .

جاوبه الصمت ، كان عقله يفكر بسرعة جنونية ان اليوم هو الحادي عشر لم يأت اليوم المشئوم بعد ولم يحدث من قبل ان بدأت الاحداث الغريبة قبل هذا اليوم فما الذي تغير هل شيء قام به هل هو البحث الذي اجراه عن اصول البيت هو ما حفز الاروح بها ام انها الاجهزة التي وضعها بالغرفة اثارت غضب الطاقة الكامنة بها وفجأة انتبه انه الوحيد الذي دخل الغرفة وهو يعلم كل شيء عنها انها المعرفة بالتأكيد لم تكن الغرفة بحاجة لادعاء البراءة معه فهو يعلم وهي تعلم انه يعرف كل شيء حسنا لقد تحدى الطاقة الكامنة بالغرفة ويبدو انه لن يخرج من هنا سالما .

تذكر لقائه الأخير مع د. حاتم عندما كلفه بالمهمة حيث توجه في الصباح الباكر في ذلك اليوم إلى مكتبه بالكلية وطرق الباب فسمع من الداخل صوت د. حاتم يأمره بالدخول لم يستطع ان يسبق د. حاتم في اي يوم في موعد القدوم إلى الكلية فدائما هو موجود مهما بكر بالحضور حتى يخيل اليك انه يقيم في مكتبه! دخل في هدوء واغلق الباب خلفه كان د.

حاتم جالسا خلف مكتبه يطالع ملفا ضخما فأقترب منه سعيد مازحا وهو يحيه قائلاً:

ـ صباح الخير د. حاتم لقد اصبحت امنيتي ان اسبقك يوما في الحضور.

لم يبد على وجه د. حاتم أنه انتبه إلى كلام سعيد الا أنه بعد وهلة رفع وجهه عن الأوراق وهو يقول:

ـ اجلس يا سعيد فأمامك مهمة خطيرة ويجب ان تفهم جميع الملابسات قبل ان تبدأ.

شعر سعيد بالتوتر فجلس وهو يتطلع إلى د. حاتم في اهتمام صادق الذي بدا وكأنه لم يذق طعم النوم أمس مما اوحى له بخطورة المهمة ولم يترك له د. حاتم فرصة التخيل فقال فور جلوسه:

ـ إذا نجحت في هذه المهمة فإن فرص ان يكون لك شأن في علوم الماورائيات سيكون عظيما وبالتأكيد هذا سيكون له مردود على حياتك كلها ولكن اسمع جيدا واحفظ ما سأقوله.

قلب بضع اوراق في الملف امامه قبل أن يكمل:

ـ لا احد يعرف سر الروح لقد ذكر في القرءان بوضوح ان الروح من امر الله لا يعرف سرها مخلوق ونعلم من القرءان والسنة في حديث الامام احمد رحمه الله عن البراء بن عازب

ان الروح تصعد إلى خالقها عند الوفاة ثم تعود إلى الجسد ولكن ارواح الخطاة بعد ان تغلق في وجهها ابواب السماء تلقى من حالق تتخطفها الريح والطير وكلا الروحين يعود إلى الجسد من اجل الحساب اما موضوع انها تبقى في مكان الوفاة ٤٠ يوما فهو كلام ملفق ليس له اصل على رأي كثير من الفقهاء ولكن هذا يخالف بعض الاحداث المسجلة عن ظهور ارواح بعض الموتى الذين ماتوا في ظروف معينة كالقتل والحوادث وهناك بعض الروايات كذلك عن تسجيلات لأرواح تكلمت في جلسات أُعدت للحديث معها .

قاطعه سعيد قائلا:

- تقصد جلسات تحضير الارواح انا لا أوئمن بهذا الكلام الفارغ.

ظهر الضيق على وجه د. حاتم فزفر وقال:

- لا تقاطعني انا لست هنا لتثقيفك او اخذ رأيك وإنما اسرد المعطيات التي بين ايدينا.

- اسف .

التقط حاتم نفسا عميقا ثم أكمل:

- ربما بعض الاحداث ملفقة ولكن بعض هذه الاحداث موثقة ولم يعثر العلماء على تفسير لها حتى يومنا هذا ولحل هذه

المعضلة لجأ البعض إلى فكرة ان هذه الاحداث من افعال الجن.

قاطعه سعيد مرة اخرى وهو يهتف:

ـ الجن وما دخل الجن في ذلك.

احمر وجه د. حاتم غيظا ولكنه لم يعلق بل أكمل قائلا:

ـ الفكرة هنا في القرين وهو حسب السنة النبوية شيطان يرتبط بالإنسان مدى حياته يوسوس له ومعلوماتنا عنه قليلة ولكن ماذا يحدث للقرين عند وفاه الشخص ؟؟ البعض يتصور ان القرين يتشبه بصاحب الروح ويخرج للعبث بإيماننا ويقيننا ولكن لم يثبت اننا يمكننا رؤية القرين كما انه لا مصلحة للشيطان للانتقام من قاتل صاحب الجسد وفي بعض الاحيان لا تقوم هذه الاشباح إلا بالظهور والتجول او تمثيل احداث الوفاة واثارة الفزع وهي اهداف لا تخدم قضية الشيطان ثم لماذا لا يحدث هذا مع كل حالات الوفاة الطبيعية.

فتح د. حاتم الملف الكبير امامه وهو يستطرد:

ـ امامنا اليوم حاله قد تكشف لنا بعض الغموض الذي اكتنف هذه الحالات الحالة التي امامنا هي لغرفة مسكونة.

قلب الاوراق قليلا ثم أكمل:

- انتقل المنزل الذي به هذه الغرفة بين عدة ملاك المالك الاول هو جورج ليمان توفي عام ١٨٥٨ وهو لورد بريطاني وكان يملك هذا المكان كمنزل صيفي وجزء من ضيعة واراضي كبيرة وهناك احداث مؤسفة حدثت في هذا الوقت فكان وباء الطاعون منتشرا واودى بحياة الكثيرين لذلك المعلومات قليلة و لا نعرف بالضبط ما حدث في هذه الغرفة بالذات ولكن المالك الاول للمنزل وابنته قتلا على ايدي الفلاحين تم احراق ابنته لاتهامها بالسحر بل تم اتهامها بانها سبب هذا البلاء الا وهو الطاعون مات سير جورج وابنته في نفس اليوم قتله الفلاحون المذعورون من الوباء وكان هذا زمن لعين على الساحرات حيث الشك باي امرأة تقوم بعمل غريب او غير مفهوم يكفي لإحراقها حية والحقيقة ان مريانا ابنة سير جورج كانت مهتمة بالكمياء والاعشاب وكانت تعالج الفلاحين من الوباء فانتهى بها الامر إلى اتهامها بالسحر وقتلها ووالدها .

زم سعيد شفتيه عجبا وهو يقول:

ـ هذا مؤسف حقا وهل ظهرت روحهما بعد ذلك.

نظر إليه د. حاتم لحظة ثم عاد إلى اوراقه قائلا:

ـ انتقل المنزل إلى مالكين فيما بعد هما جون وجيمس ماجوير أخوين توارثا المنزل ولم تحدث في عهدهم احداث تذكر ثم انتقل المنزل إلى مسز كاثرين ماكيلوب وهي قريبة لهما من بعيد ولكنها كانت الوريث الوحيد كان ذلك عام ١٨٨٥ وبعد خمس سنوات من امتلاكها الفندق اي بعد اثنين وثلاثون عاما وبالضبط في الثالث عشر من سبتمبر بدأت الاحداث الغريبة !! كانت قد حولت المكان إلى فندق صغير ... ادوارد عامل بالفندق ... ادلى بما رأى في تلك الليلة ... بعد زمن بالضبط اثنين وثلاثون عاما اخرى حيث تم التعتيم على الحادث من قبل المالكة ... كاثرين ماكيلوب زوجة وليم سكوت ومالكة الفندق... الحادث كما وردنا هي اصوات انفجار واضواء ....
ثم اختفاء كامل الغرفة من اثاث ومفروشات ونزيلها ايضا مستر هنري بيشوب قامت كاثرين بإعادة كل شيء كما كان. لاحظ انها لم تبلغ الشرطة ... عرفت القصة فيما بعد عن لسان ادوارد هذا، عندما تكرر كل شيء بعد ٣٢ عاما في عام ١٩٢٢ تحديداً.... نفس الوقائع تقريبا المالك جيمس برت ابلغ البوليس ولكن لم تسفر التحقيقات عن شيء تم اثبات الواقعة وتم اغلاق الفندق ... ثم تم شراءه واعادة افتتاحه بعد

التجديدات في عام ٢٠٠٩ من قبل برنارد هيز وهو المالك الحالي للفندق.

التقط انفاسه ثم استطرد:

- المتوقع ان الاحداث ترتبط بما حدث لمريانا وابيها وربما كانت تمارس السحر فعلا وربما هذه روحها القلقة تريد الانتقام ممن ظلمها هي وابيها ولكن حل هذا اللغز سيكشف لنا الكثير عن هذا العالم ولكن تذكر مهمتك علمية ملاحظة وتفسير وتسجيل الاحداث والتغيرات وسأزودك بأحدث الاجهزة لتسهيل مهمتك ولكن.

ونظر في عين سعيد مباشرة وهو يقول:

- لا تبقى ابدا في الغرفة يوم الثالث عشر من هذا الشهر تحت أي ظرف.

افاق سعيد من ذكرياته فاتجه إلى جهاز الكمبيوتر واعاد قراءة جميع الأحداث وتذكرها ثم قال بصوت عال وهو يتلفت حوله:

- هل هذه انت حقا يا مريانا ... هل هذه روحك القلقة التي تعبث بالمكان ؟؟ لقد عرفت سرك ويمكنني تبرئة اسمك واسم عائلتك من تهمة السحر فهل هدأت الان هل تحررت روحك ؟؟

وما ان اتم جملته الاخيرة حتى اشتعلت جميع المصابيح، ضرب الفلاش كل مكان في جنون، واخذت الكاميرات تلتقط الصور تباعا، وشعر بالمكان وكأنما تحول الى مهرجان للأضواء، الفلاش يضرب في كل مكان وحساسات الحركة تئز معلنة عن الزائر او الزوار الغامضين، نظر إلى الكمبيوتر ليرى الصور الملتقطة بحثا عن شيء ما يمكن ان تكون التقطته حساسية الكاميرات وهو لا يراه ثم تراجع إلى الوراء وهو يهتف:

ـ اللعنة.

كانت الصور التي التقطتها الكاميرات كلها سوداء تماما في حين سجل الجهاز انبعاثات للطاقة في كل مكان وارتفعت حرارة الغرفة بشدة حتى ان سعيد اخذ يلهث وهو يتصبب عرقا اسرع إلى اقرب الكاميرات اليه وفحصها، كانت تعمل بكفاءة، لا يوجد اي سبب فني لخروج الصور سوداء، وفجأة انفجر الجهاز الذي يرصد الطاقة الحرارية فقفز سعيد صارخاً ونظر ليه في ذهول فلم تكن الحرارة بهذا الارتفاع وحتى لو كانت فلا يجب ان ينفجر بهذا الشكل فقد تناثرت اجزاءه في كل مكان كما لو نسف نسفا ، وبينما هو يفحص اشلاء الجهاز شعر بشيء ساخن يضرب وجهه كما لو كانت لطمة خفيفة ثم

بدأت الامور تهدأ نظر إلى الكمبيوتر في ضيق وهو يتحسس وجهه يوجد ملمس غريب تحت اصابعه ولكنه تجاهله نهض في صمت واخرج طابعة قام بتوصيلها إلى الكمبيوتر وقام بطباعة جميع الصور السوداء صور قاتمة لا يوجد بها اي شيء الا بعض الخطوط البيضاء تظهر بغير انتظام في بعض الصور وليس كلها. قدّر ان حساسية الكاميرات التقطت شيء من انبعاثات الطاقة ولكن كيف لم تلتقط الضوء ان كان هذا صحيحا ولما لم تعمل الاشعة تحت الحمراء ؟!! جمع الصور وقام برصها فوق الفراش كيفما اتفق يتأملها ، خطوط بلا معنى زفر في ضيق وهو يتحسر على الفرصة الضائعة وفجأة قفزت في رأسه فكرة فجمع الصور مرة اخرى وانتقل الى الارض ليفسح لنفسه المجال وقام بترتيبها ترتيب زمني لم تكن الكاميرات تلتقط في نفس اللحظة ولكن بشكل بدا عشوائي وكان على كل صورة زمن التقاطها بالثانية فقام بترتيبها ثم رصها بجوار بعضها بالترتيب الجديد وعينيه تتسعان مع كل صورة يضعها فوق الارض فلقد بدأت الخطوط البيضاء تتجمع وتشكل صورة شبه واضحة ما ان انتهى منها حتى تراجع في رهبة وخوف فأمامه ومن تكوين الخطوط البيضاء

ظهر وجه رجل عجوز ملتحي ولكنه شيطاني مرعب

يصرخ في غيظ

يصرخ في مقت

يصرخ في غل

اجفل لحظة فقد تهيأ له ان الصورة تكاد تتحرك نفض عن
راسه هذا والتقط احدى كاميراته والتقط صورة لهذا الوجه
المرعب وعاد إلى الكمبيوتر ليضيفها إلى الحاسوب ثم قام
بفتح كاميرات المراقبة وهو يحك وجهه في ضيق شعور
مزعج بالحكة في جانب وجهه وجهه كان الفيديو على الشاشة
يظهره وهو يقف ويتحرك داخل الغرفة والكاميرات والفلاش
يضرب في كل مكان ولكن لا شيء غريب باستثناء الأحداث
التي عايشها بمعنى اخر لا شيء جديد كاد يبتعد وفجأة اقترب
بوجهه من الشاشة في فزع فأمامه على الشاشة اقترب ظل
اسود كالدخان ظهر من العدم واندفع نحوه واخرج ما يشبه
زراع ضبابية وضربه بها على وجهه قبل ان يتجاوزه
ويختفي في الجدار المقابل خارج زاوية الرؤية .
وجم سعيد لحظة وهو ينظر الي الكمبيوتر في ذهول ثم توجه
الى المرآه وهو يفحص وجهه ويتحسسه كان هناك شيء اشبه
بلسعة النار جلد أملس ناعم يحيط به احمرار خفيف شمل

جانب وجهه بالكامل من أسفل منابت شعره حتى فوق الذقن بقليل

- حسنا لا شيء خطير حتى الان.

حدث نفسه في ضيق وهو يحاول اقناع نفسه ان كل شيء بخير لن يكون تشوها بأذن الله فكر في مريم كيف ستقابل هذا الوجه الان بعد ان بات مشوها

- يجب ان اتريث قليلا حسنا لا زيارات عند العودة ويجب ان ارى طبيبا.

ارتدي بعض الملابس الصوفية فالجو بارد بالخارج وتوجه الى الباب عندما لاحظ شيئا غريبا اوقفه في منتصف الطريق مذهولا فحيث يجب ان يكون الباب كان يمتد الجدار بعرض الغرفة بلا اي فتحات من اي نوع !!

لقد صار سجين الكيان الذي يسكن الغرفة سجين يعرف جيدا ان قرار اعدامه قد صدر وبقي التنفيذ فقط.

اعدام مغامر من مصر قرر تحدي الغرفة رقم ٣

****

ابتلع سعيد ريقه بصوت مسموع ونظر حوله لم يكن من النوع الذي يستسلم بسهولة ولكن في هذه اللحظة عرف شعور الفأر في المصيدة تراجع إلى الخلف وهو ينظر إلى الحائط امامه حتى اصطدمت قدمه بالفراش فجلس فوقه وقد عقدت الدهشة لسانه للحظات قبل ينهض في تثاقل الى جهاز الكمبيوتر فتح الكاميرات وما ان انبثقت الصورة امامه حتى تراجع في ذعر حتى انه اصطدم بالمقعد خلفه وسقط ارضا كان على الشاشة صورة ثابتة واضحة تماما للجدار والباب في منتصفه كما يجب ان يكون ولكن امام الباب وقف هذا الشبح الاسود بينه وبين الباب المغلق نظر إلى الجدار الخالي من الابواب ثم الى الكمبيوتر حائرا قبل ان ينهض في عزم وهتف مواجها الحائط المصمت :

ــ كفي عن العبث بعقلي كل ما تستطيعين هو صنع الوهم انا اريد مساعدتك فساعديني حتى احررك من هذا المكان.

تحرك الهواء في الغرفة بسرعة حتى صار ريحا عاصفة انتزعت كل شيء في طريقها نزل سعيد بسرعة اسفل الفراش مذعورا وهو يرى كل شيء في الغرفة يطير في الهواء تطايرت الاعمدة رغم مسامير التثبيت التي انتزعت انتزعا وتحطمت الكاميرات والمصابيح وهي تصطدم بالجدران في

عنف انتفض في فزع وافلتت من حلقه صرخة عندما سقط الكمبيوتر محطما امامه خرج من مكمنه بسرعة والفراش يرتفع بالفعل في الهواء بفعل الدوامة الهوائية لينضم إلى باقي اثاث الغرفة في دوامة ابتلعت الغرفة كلها كان كل شيء يطير ويصطدم بالحائط بعنف اسرع نحو باب الحمام واشياء كثيرة تصدم به وتضرب جسده بعنف قاوم بكل ما أوتي من قوة ليصل إلى الحمام ولكن الريح جذبته بقوة عاتية فدار حول نفسه وضربته فالحائط فحطمت زراعه اليمنى صرخ في الم ولكن لم يكن هناك وقت للتهاون تحامل على نفسه ربما بفعل الخوف الذي دفع الادرينالين في جسده سيولا ودفع جسده دفعا إلى باب الحمام الصغير وهو يضم زراعه إلى جسده فقط ليصطدم جزء من جهاز الموجات الحرارية بساقه فصرخ وقبل ان يغلق فمه ضربت احدى الكاميرات رأسه فشجتها شعر بالدماء تسيل على وجهه ولكنه وصل إلى الباب بمعجزة وجسده يئن من الالم وقد امتلاء بالكدمات والريح تواصل ضربه بلا رحمة وما ان فتح الباب ودخل حتى ارتمى بكامل ثقله على الباب ليغلقه ولكن الريح عصفت بالباب جاعلة مهمته شبه مستحيلة فارتكز بقدمه على حوض الاستحمام ورمى بثقله على الباب في دفعة اخيرة حققت المراد منها

وانغلق الباب اخيرا مع صوت صراخ وعويل شيطاني من الجانب الاخر فرمى بظهره على الباب وهو يرتجف ذعرا ثم سقط ارضا وكل عظمة في جسده تئن الما قبل ان يفقد الوعي تماما على ارضية الحمام ومن مكان ما ارتفعت دقات الساعة معلنة نهاية اليوم الاول .

*****

هرولت سارة خادمة الغرف بالفندق بجسدها النحيل تدفع امامها عربة صغيرة عليها مفروشات استبدلتها من الغرف وهي مرتعبة شاحبة الوجه إلى مكتب الاستقبال وما ان وصلت حتى قالت في خفوت وهي تلهث للشاب الواقف خلف المكتب:

- جيمي اتبعني ارجوك.

وتحركت على الفور يتبعها الشاب دون كلمة كان يعرف ماذا تريد فهي ليست اول مرة تفعل ذلك في الاثني عشر ساعة الماضية انتحت به جانبا وهتفت به محاولة ان يخرج الصوت منخفضا:

- ان هذا جنون الى متى ستتجاهل الادارة ما يحدث في تلك الغرفة ان الاصوات والصراخ لا يتوقف اصوات اشياء تتحطم لا اعتقد ان بقي بها شيئا سليما هذا الرجل مجنون انه يحطم الغرفة ولا يكف عن الصراخ الا تخشى الادارة ان تفقد النزلاء ان هذا الرجل يرعب الجميع.

ربت على كتفها محاولة تهدئتها ولكنها ازاحت يده وهي تكمل:

- لم يخرج منذ أمس لتناول طعام او شراب وباب الغرفة مغلق ولا يرد على طرقاتي على الباب.

قاطعها جيمي قائلا في غضب:

- اي طرقات الم امرك ان تبتعدي عن هذه الغرفة ان النزيل لا يريد اي ازعاج.

قالت في غضب هي الاخرى:

- اي ازعاج انه هو من يزعج الجميع هنا الا تفهم انه يحطم الغرفة انه شخص مريض او به مس ما، لم ارى شيء في حياتي المهنية قط مثل هذا لابد ان نوقفه حالا.

قال وهو يستعيد هدوئه:

- ابتعدي عن هذه الغرفة سارة لا دخل لك بما يحدث اهتمي بعملك فقط.

اقتربت بوجهها من وجهه مما جعله يتراجع قليلا للخلف وقالت في حزم:

- أخبرني الان الحقيقة من هذا الرجل وما حكاية هذه الغرفة انا لم أرك تضع نزيلا بها ولا يسمح لاحد منا بدخولها فجأة يتم نقل هذا الرجل اليها ثم تبدأ تلك الاحداث الغريبة لابد ان افهم ما الذي يحدث هنا بحق الشيطان.

- انبذي تلك الكلمة من فمك فلا مكان للشيطان هنا ولقد سمعت مني كل ما يمكنني اخبارك به اهتمي بشئونك سارة لا تجلبي الوبال على رؤوسنا

واستدار منصرفا وهي تهتف من خلفه:

- لابد ان افهم انا لن اسكت حتى افهم كل شيء هل تفهم!!؟

تنهد جيمي وهو يعود الى مجلسه خلف المكتب ويفكر ان الامور لا تبدو جيدة ولكن تعليماته واضحة لا أحد يقترب من الغرفة رقم٣.

مهما حدث بها !!

تنهد مرة اخرى وهو يقول في نفسه:

- هذا الامر لن يمضي على خير سارة لن تسكت.

كان يحبها ويتحين الفرص لمصارحتها ويؤلمه حقا الا يستطيع ان يخبرها بشيء كان يشعر ان هذا يهدد مستقبله معها ان النساء فضوليات ولن تسامحه ابدا انه لم يقف بجوارها او يشبع فضولها، نظر اليها في ضيق وهي تنصرف وهو يلعن في سره تلك الغرفة الغامضة. الغرفة رقم ٣.

****

افاق سعيد وهو يئن في الم شاعرا انه أصبح كومة من الحطام كانت عظامه كلها تؤلمه وقد تورمت زراعه وصارت بشعة حاول تحريكها فصرخ من الالم وتصبب عرقاً، هدأ قليلا ليلتقط انفاسه ثم تراجع بظهره وهو يلصق زراعه بجانبه حتى استند على الباب المغلق اغلق عينيه ليتغلب على الامه ويستوعب المجهود والالم الذي بذله في الحركة وانصت في حذر ولكن كل شيء كان هادئا تماما تحامل على نفسه لينهض وحانت منه التفاتة تأخرت كثيرا إلى ما حوله كان مازال في الحمام ولكن اي حمام !! بالتأكيد ليس الحمام الذي اعتاده بل حماما عتيقا من حيث العصر الذي سمع عن وجود مثله فيه جديدا من حيث الاقتناء كان بجوار الحائط قطعة خشبية عريضة بها ثقب كبير يصل إلى ثقب اخر في الارضية للصرف وفي احد الاركان حوض نحت من الرخام اعترف في نفسه انه يبدو انيقا يعلوه صنبور للمياه وفي منتصف المكان حوض خشبي مخصص للاستحمام غير متصل بأي مصدر مياه يبدو انه يملأ بالدلاء او ما شابه مطلي من الداخل بمادة ما يبدو انها تعزل الماء عن الاخشاب توسطه قطعة من الخشب ارتكزت على جانبيه وضع فوقها قطعة من الصابون وفرشاة خشنة ومنشفة مطوية بعناية وضع فوقها وعاء يحتوي

على اوراق ازهار قطفت حديثا وكان الحوض جافا وعلى الحائط وضعت مرأة معدنية مصقولة وقد طليت الجدران بمادة جيرية مصفرة قليلا .

تطلع سعيد إلى ما حوله في استنكار ومد يده يتحسس حوض الاستحمام هذا ليس وهما بالتأكيد التقط المنشفة وصنع منها حمالة لذراعه المكسور ربطها حول عنقه وتنهد تطلع حوله في دهشة وهو يحاول ان يخمن مكانه قائلا في خفوت:

- اين انا؟؟ ماذا فعلتي بي ايتها الغرفة الملعونة؟؟ هل نقلتني إلى زمنك يا مريانا ؟!!

سمع في تلك اللحظة صوت بالخارج فتح الباب بهدوء متلصصا من خلال فرجة صغيرة لا تثير الانتباه كانت الغرفة بالخارج مختلفة تماما عن الغرفة التي اعتادها مضاءة بمجموعة من الشموع ثبتت في شمعدان فضي وضع فوق كومود بجوار فراش ذو اعمدة عتيق الطراز تتدلى من عوارضه ستائر جميلة مزركشة بالوان جميلة وتغطيه بالكامل ستارة خفيفة حريرية لمنع الحشرات والهوام لم يستطع تبين باقي الغرفة بسبب الظلام ولكن على الفراش جلست فتاة شابة لم يتبين وجهها من الستائر المنسدلة وقد ضمت ركبتيها الى صدرها بيديها ويبدو انها كانت تتأهب للنوم فقد وضعت

الاغطية فوق ساقيها وجلست تتكلم مع رجل اشيب الشعر جلس على حافة الفراش بجوارها كانت الفتاة تبكي بكاء صامت وكان الاشيب يواسيها قائلا :

- تأكدي يا ابنتي انني لن اسمح لشيء بأذيتك.

مسحت الفتاة دموعها بكف يدها ثم قالت:

- انا لا اثق به يا ابي لقد حاول ايذاءنا كثيرا ولولا عناية الله ما استطعنا رد شره.

ظهر الضيق على وجه ابيها وقال:

- انه اخي ولقد اعتنى بي طوال حياتي وبك ايضا عندما كنت صغيرة لا اظن انه قصد ايذاءنا وحتى لو كان هذا صحيحا فالأمر ... الامر الان يفوق خلافاتنا القديمة ان الناس تموت كل يوم يا صغيرتي لن يتحمل ضميري ان يموت الناس من حولي وانا املك انقاذهم من هذا السحر الذي اصابهم لن أستطيع السكوت وانا اعلم انه يستطيع ان ينهي هذا الوباء.

اجهشت في البكاء وهتفت به وسط دموعها:

- ابي ولكن انا ...

نهض من مكانه مقاطعا اياها واولاها ظهره حتى لا ترى دموعه لحظات ثم قال:

- انا اعلم أنك خائفة.

ارادت مقاطعته ولكنه بادرها قائلا:

- وانا ايضا خائف يا ابنتي اتمزق رعبا وانا اراكي كل يوم تحومين حول بيوت الفلاحين تداوي هذا وترعين تلك في لحظاتها الاخيرة والخطر يحوم حولك في كل خطوة.

التقط نفسا عميقا:

- لا أستطيع ان افقدك يا صغيرتي كما فقدت أمك لا يمكنني تحمل هذا سنقوم بالأمر بعد غد لا يمكننا الانتظار لا نملك الا ان ندعو الله ان يدركنا برحمته ... سنتعاون مع اخي هذه المرة فقط.

والتفت اليها وهو يقول:

- واعدك ان تكون المرة الأخيرة.

وقف سعيد في الحمام يتابع هذا المشهد في حيرة وقد اختلطت كل المشاعر بداخله ما الذي يحدث؟ هل هذه ماريانا ووالدها؟ وعما يتحدثان؟ واي تجربة تلك؟ وكيف وصل إلى هنا !!! في اي زمن هذا؟ هل تصارحه الغرفة او الطاقة الكامنة بما حدث حقا !! هل تبغي الخلاص ؟؟ ولماذا هو؟ .

رأى والد الفتاة يقبلها من جبينها ثم ينفخ الشموع بجوارها واحدة تلو الاخرى وما ان انطفئت الشمعة الاخيرة حتى أظلم كل شيء حول سعيد وشعر بنفسه يهوى في بئر سحيقة واشتد

الالم في جسده كله فصرخ بكل ما اوتي من قوة قبل ان يفقد الوعي تماما

******

جلس د. حاتم خلف مكتبه على كرسيه وقد ارجع راسه للوراء واغلق عينيه لم يكن نائما بل كان في كامل وعيه ولكن كان من عادته ان يغلق عينيه عندما يفكر بعمق واليوم كان هناك ما يشغل تفكيره بشدة وان شأنا الدقة كان كل ما يشغل تفكيره سؤال واحد لماذا لم يتصل به سعيد حتى الان ليخبره بالتطورات؟ كان يشعر بالمسئولية عن هذا الشاب الغر فقد كان صديق والده وقد تعهده بالرعاية منذ وفاة والده رغم انه كان في سنته الاخيرة في الكلية في سن يسمح له برعاية نفسه ولكن احساسه بالمسئولية لم يضعف بل زاد لم يكن رزق بأولاد وقد توفت زوجته منذ سنوات طوال فبقي وحيدا يصارع اشباحه وخيالاته، يؤلمه اضطراره لوضع هذا الفتى اليافع في خطر كهذا ولكن سنه لم تكن تسمح ان يقوم بذلك بنفسه وقلبه لم يعد كما كان في السابق.

اعتدل وهو يطلق زفرة حارة كان القلق يعصف به فالليلة الموعودة غدا ولقد كانت تعليماته محددة لسعيد الا يبقى بالغرفة في ذلك اليوم ويكتفي بالأجهزة والتسجيلات حرصا على حياته وكل ما يخشاه ان يدفع الفضول سعيد للبقاء في الغرفة بنفسه وكان هذا يعني كارثة لا يمكن ان يتحملها.

التقط الهاتف وحاول الاتصال به لكن الرسالة المسجلة اخبرته ان الهاتف المطلوب مغلق فأعاد التليفون إلى المكتب ونهض وهو مازال يفكر ما الذي حدث هناك منع سعيد من الاتصال به؟؟ ولماذا الهاتف مغلق في ظروف كهذه ؟؟

سمع طرقات رقيقة على الباب عرف صاحبتها على الفور فرسم ابتسامة على وجهه قائلا:

ـ ادخلي يا مريم!

دخلت مريم بوجه مكفهر اوجس منه خيفة فلقد اعتادت على القاء الدعابات والمزاح معه ولكن اليوم دخلت عابسة ويبدو انها لم تنم في ليلتها السابقة وما ان دخلت حتى توجهت إلى أحد المقاعد امام مكتبه وانهارت فوقه بمعنى الكلمة ساد الصمت لدقيقة قبل ان يسألها د. حاتم في قلق:

ـ ماذا هناك يا مريم؟ ماذا بك؟ هل حدث مكروه؟ يبدو إنك لم تنالي قسطا كافيا من النوم هل انت بخير؟

رفعت مريم عينيها إلى د. حاتم وقالت في وجوم عجز ان يستشف منه شيئا:

ـ اين سعيد يا دكتور؟

ازداد قلق حاتم فقال في غموض محاولا ابقاء بعض الاوراق في يده:

- سعيد في مهمة علمية الم يخبرك بذلك؟

- أخبرني .... لم يكن لقاءنا الاخير جيدا.

- ماذا حدث هل تشاجرتم؟

- لقد كنت قاسية معه اعتقد اننا انفصلنا الان.

غزت الشفقة وجه د. حاتم فقال في خفوت:

- كل شيء يمكن اصلاحه يا صغيرتي سأتكلم معه عند عودته ولكن أخبريني اولا ماذا حدث لماذا تشاجرتم؟

- لم اتي من اجل هذا يا د. حاتم لقد انتهى ما بيننا لقد جئت من اجل امر أخر.

انتبه د. حاتم في قلق وقال:

- لا تقولي هذا يا ابنتي لم ينتهي شيئا بإذن الله فقط تحلي بالصبر كل شيء له حل إن شاء الله.

تنهدت مريم في ضيق وقالت في توتر:

- لقد اخبرتك يا دكتور انني لم ات من اجل ذلك ارجوك أخبرني اين سعيد؟

نظر اليها حاتم في ريبة وقلق ثم قال:

- ماذا هناك يا مريم؟ ما الذي تخفينه عني أخبريني يا بنيتي ما الأمر؟ يمكنك الثقة بي تعلمين هذا.

ـ اسفة يا دكتور طبعا انا اثق بك لم اقصد عكس ذلك ولكني قلقة جدا عليه انت تعرف اين هو ارجوك أخبرني وسابقي الامر سرا لن أخبر أحد.

اعتدل د. حاتم في مقعده ثم قال في اهتمام:

ـ لا حاجة إلى ذلك يا مريم، سعيد في لندن يقيم في أحد الفنادق على اطرافها ولن يبقى هناك أكثر من يومان ويعود لا تقلقي.

وكأنما لم تحتمل مشاعرها المزيد فدفنت وجهها في كفيها واجهشت في البكاء مما دفع حاتم للنهوض بسرعة والالتفاف حول المكتب ليربت على كتفها في حنان ابوي وهو يقول:

ـ يبدو ان الامر خطير اهدئ يا بنيتي وأخبريني ماذا حدث.

مسحت دموعها لتجري غيرها على وجهها وهي تقول:

ـ لقد رأيت حلما.

تراجع د. حاتم في استنكار وهتف:

ـ حلم !!؟ كل هذا من اجل حلم؟

هتفت مريم في رعب:

ـ ليس حلما بل كابوس رهيب.

عاد التعاطف إلى وجه د. حاتم فربت على كتفها وقال:

- حسنا ... حسنا اهدأي وقصي على مسامعي ما رأيت ربما كان لدي تفسير.

ثم استدار وجلس على المقعد المواجه لها وهو ينحني إلى الامام ويقول في حزم:

- وبكل التفاصيل.

نظرت مريم اليه في صمت لدقيقة لم تكن تريد تذكر هذا الكابوس مرة اخرى ولقد حذرتها امها ان الكابوس إذا حكته قد يتحقق وهي لا تريد لهذا الحلم ان يتحقق ولكن امام نظرات د. حاتم لم يسعها الا ان تتنهد وتبدأ السرد وكان ما حكته رهيبا.

*****

تلصصت سارة خادمة الغرف على الردهة بالطابق الثاني كان الهدوء يخيم على المكان لازال الوقت مبكرا على استيقاظ النزلاء تقدمت بخطوات سريعة إلى الغرفة الملعونة واسترقت السمع لم تلتقط اذنيها اي اصوات طرقت الباب بلطف وهي تقول:

ـ خدمة الغرف.

ومدت يدها الى مقبض الباب دون انتظار للجواب رغم اللوحة التي كتب عليها بخط جميل بارز " ممنوع الازعاج " والتي ثبتت في المقبض نفسه وقد هيئت نفسها للاعتذار متعللة بعدم الانتباه اليها ولكن المقبض لم يدور في راحتها فأخرجت مفاتيحها وانتقت مفتاح الغرفة البديل الذي تستخدمه في حالة خروج النزيل ولكن المفتاح تعثر في الثقب كما لو ان احداهم وضع شيئا في الثقب من الجانب الاخر تراجعت وهي ترمق المقبض الذي ظل صامدا محطما جميع خططها مرة اخرى تطلعت إلى الباب في غيظ ثم طرقته مرة اخرى في عناد وهي تردد مرة اخرى:

ـ خدمة الغرف سيدي هلا فتحت الباب.

لم تتلقى سوى الصمت التام لكنها كانت متأكدة ان سعيد هذا النزيل الغامض بالداخل وهي تعلم انها ستكون الملوم الوحيد

في حالة فقد او تحطم شيء بالغرفة كما ان فضولها يكاد يلتهمها بالكامل حول هذا النزيل الذي لم يغادر غرفته منذ مجيئه سوى مرة واحدة لم يخرج لتناول الطعام او السياحة او العمل لماذا هو هنا إذا ولكن ما الهب فضولها فعلا الاصوات التي كانت تنبعث من الغرفة احيانا اثناء مرورها اصوات ضحكات مجنونة وتحطم الأشياء وضوضاء خافتة كان الفندق عتيق ذو جدران سميكة قلما تسمع فيه اصوات من داخل الغرف وهذا يعني ان ما حدث بالداخل اكبر مما سمعت .

هل هو مجنون ولماذا تحميه ادارة الفندق بهذا الشكل وتتجاهل شكواها عنه؟

كانت تعلم انه تم التوصية عليه من مالك المكان ولكنه ليس اول نزيل يوصي عليه المالك ولكنه اول من يتم التغاضي عن افعاله بهذا الشكل !!

حزمت امرها لابد ان تفهم تراجعت الى الغرفة رقم ١ وكانت تعلم انها خالية فتحتها بمفتاحها الخاص ودلفت اليها واتجهت إلى النافذة مباشرة تنظر إلى النافذة المجاورة الخاصة بالغرفة رقم ٣ عقدت عزمها ومدت ساقها اليمنى خارج النافذة وقبل ان تستقر على الإفريز الضيق أسفل النافذة انتفض جسدها كله في رعب وافلتت منها صرخة عندما قبضت قبضة قوية على

ساعدها وجذبتها إلى الداخل لتسقط ارضا وهي تتطلع في رعب وذهول إلى الظل الواقف امامها في الظلام في صمت، جسدها كله يرتعد ... من هذا؟ هل تم كشف امرها؟ وفي لمح البصر هبت واقفة على قدميها مطلقة لساقيها العنان نحو الباب ولكن مطاردها لحق بها وأمسكها من معصمها وادارها ثم دفعها نحو الباب فارتطم ظهرها بالباب وقبل ان تصرخ اطبقت كف غليظة على فمها فاتسعت عينيها في ذهول ورعب قبل ان تفقد الوعي تحت قدميه

******

" انه كابوس رهيب لم أكن اتمنى ان اقصه على أحد إن الكوابيس تتحقق احيانا كما تعلم ولكني سأحكي لك كل شيء "
بدأت مريم قصتها بالعبارة السابقة وهي ترتجف ابتلعت ريقها في صمت وهي تستجمع ذاكرتها ثم اردفت:

ـ أمس كنت مشغولة جدا أنت تعلم العمل بالكلية والسكاشن والمحاضرات لم يتركوا لي مجالا للتنفس حتى انني لم اتناول اي طعام طوال اليوم وعندما عدت إلى المنزل كنت اتضور جوعا ولكن جسدي يشتاق إلى النوم فقررت ان انام اولا ولكن امي اصرت على ان اكل اولا وكانت قد ادخرت لي بعض

الدجاج المحمر والمكرونة من طعام الغداء وجبه سريعة هي وغير ثقيلة على معدتي كما ترى.

همهم د. حاتم يحثها على الاستكمال فأكملت:

- اخبرك فقط انني لم اتناول وجبة ثقيلة تسبب الكوابيس حسنا تناولت طعامي وذهبت على الفراش على الفور ويبدوا انني نمت فور وضعي لرأسي على الوسادة وبدأ الكابوس الرهيب

...

ارتجفت لحظة عندما عادت إلى ذاكرتها احداث الكابوس ازدردت لعابها ثم اكملت وقد بدأت عيناها تذرفان الدموع مرة اخرى وكأنما تفرغ فيهم الضغط الواقع على روحها وقالت:

- رأيت نفسي في ردهة طويلة لم ارى من خلال عيني بل رأيت نفسي كاملة هل تفهمني.

اومأ د. حاتم وقال:

- نعم افهمك رأيت نفسك بمنظور الشخص الثالث كما في العاب الفيديو.

اكملت مريم دون ان تعلق:

- كان هناك ابواب تبدو كأبواب غرف على كلا الجانبين وعليها ارقام كما يحدث بالفنادق لم يكن هناك احدا فمشيت في تلك الردهة كنت متحكمة في نفسي تماما واعية كما لو كنت

مستيقظة فأخذت اتأمل ما حولي ثم حاولت فتح احدى الغرف على الجانب الايسر ولكنه كان مغلقا استمريت في محاولات الفتح حتى وصلت لنهاية الرواق وعندما استدرت لتفحص الجانب الاخر رأيته امامي!

كان الفضول قد استبد بحاتم فدفع نفسه للأمام حتى صار يجلس على طرف مقعده وهو يحثها على الاكمال قائلا:

ــ رأيت من؟

هتفت مستنكرة:

ــ سعيد من تظن جئت من اجله؟؟

ــ حسنا أكملي هل كلمك؟

ــ لا كان يتقدم نحوي على الطرف الاخر من الردهة والعجيب ان الردهة لم تكن لها مخارج ما ، لا اعرف كيف يصل الناس اليها لم يكن ينظر الي بل تقدم في صمت وفتح احد الغرف على الجانب الايمن ودخل حاولت ان انادي عليه هتفت باسمه بكل قوتي ولكن صوتي لم يخرج من حلقي تبعته في سرعة وحاولت دخول الغرفة التي دخلها ولكنها كانت مغلقة ظللت أضرب الباب بقبضتي فجرحت يدي في رقم الغرفة فضممت قبضتي إلى صدري وانا ارى دمي يسيل على باب الغرفة

وكأنما يقوده شيء خفي فيرسم دائرة ونقوش حولها ونجمة خماسية في المنتصف وعندما اكتمل الرسم انفتح الباب .

تسارعت انفاسها وهي تروي بكلمات سريعة كأنما تخشى التوقف:

- رأيت ... رأيت سعيد معلقا في سقف الغرفة لم يكن هناك حبل فقط محلقا في الهواء رأسا على عقب اسفله ... اسفله كان هناك رسما بنيران مستعرة لنفس الرسم الدامي على الباب وكان ... وكان.

تهانفت وسالت دموعها بغزارة فربت عليها د. حاتم وهو يتمنى الا تتوقف الان ولكنها استدركت وسط دموعها ومع كل كلمة تنفجر دموعها أكثر:

- كان هناك شيطانا ... رجلا اشيب ثائر الرأس ... له وجه شيطان دميم ... لا كان لو وجه بومة ... وجه يتبدل في كل لحظة ... كان يحمل في يده سكينا ... سكينا ضخما ... وكان يسلخ جلد سعيد ... كان يسلخه امام عيني ... يسلخ اجزاء من لحمه ويلقيها فتأكلها النيران ...

كان صوتها قد تحول وصار أقرب إلى الصراخ فتوتر د. حاتم وهو يمسك يدها محاولة تهدئتها انها في مكتبه في الكلية والطلبة في كل مكان والشائعات لا تهمد ابدا ولكنها لم تكن في

حالة تسمح لها بالتماسك وان ارادت بل اكملت وهي تشهق مع كل كلمة وعيناها تتسعان في رعب وصوتها يزداد صخبا:

ـ كانت الدماء في كل مكان ... في كل مكان ولكن في مركز الدائرة النارية كانت الدماء ترسم شيئا ... رموزا كثيرة ... وكان سعيد يتألم ولكنه لم ... لم يصرخ ...كما لو كان مخدرا ... انا صرخت ... لا اعلم ... ولكني سمعت صوتي وانا اصرخ ... التفت اليَّ هذا المسخ الدميم وأقترب مني ... تجمدت ... قدمي لا تتحرك ... وانفاسه تضرب وجهي ... اشار إلى سعيد بسكينه ... وقال لي أنقذيه ... أنقذيه ان استطعت ... ثم ضحك وفي لمح البصر طعن سعيد بالسكين ... شق بطن سعيد ... شق بطن سعيد ... شق بطن سعيد امامي واحشائه كلها ...

لم تكمل عبارتها بل انهارت مريم تماما فوق المقعد ودفنت وجهها في كفيها واجهشت بالبكاء تركها د. حاتم تفرغ انفعالها حتى تهدأ قليلا كان وقت الدراسة قد بدأ وخارج المكتب يوجد غابة من الطلاب والاساتذة وهو لا يريد فضيحة في الجامعة وهو الدكتور المحترم لذا نهض في هدوء وفتح باب المكتب قليلا وهو يفكر:

ـ ربما يجعلها هذا تتماسك قليلا.

وبالفعل اعتدلت مريم ومسحت دموعها بكفيها وحاولت التماسك وهي تكمل:

- فقط ... هذا كل شيء ... ظللت اصرخ حتى استيقظت امي.

جلس د. حاتم امامها مرة اخرى وهو يقول:

- حسنا انه كابوس بشع قد يرتبط بصورة ما او لا يرتبط بما يفعله سعيد الان ولكنه في النهاية مجرد حلم يجب ان ...

قاطعته مريم في رعب قائلة:

- لم يكن حلما.

ورفعت قبضتها امام عينيه المتسعتين ليرى إثر جرحا توسط وسادة كفها تجمدت حوله الدماء واستدركت في خوف شديد:

- لقد كانت رسالة يا د. حاتم رسالة ان سعيد في خطر وعليّ انقاذه بأي وسيلة ساعدني يا د. حاتم ارجوك.

وجم د. حاتم محدقا في قبضتها بعينين متسعتين وهو يفكر مذهولا وقد استولى على عقله سؤال واحد ...

ماذا حدث هناك؟

******

افاق سعيد فجأة فشهق وهو يعتدل فزعاً كان الهدوء يخيم على المكان مما هدئ من روعه قليلا عندما تبين انه لازال في

الحمام فدقق النظر فيما حوله كان حماما قديما ليس كالسابق
بل اكثر حداثة ولكنه لا يزال عتيق الطراز بالنسبة لليوم وكان
صنبور المياه مفتوحا يملأ حوض الاستحمام بالمياه نهض من
مكانه فآلمه زراعه تطلع حوله مرة اخرى ثم توجه إلى مرأة
وضعت على الحائط اسفلها حوض لغسل الوجه تطلع إلى
وجهه كانت حالة وجهه سيئة فقد تجعد الجلد وصار اقرب إلى
اللون البني وازداد الاحمرار والوخز حول الحرق بصورة
جعلته يرغب بتمزيق وجهه غسل وجهه بهدوء محاولا عدم
اصدار صوت فلا يعلم الا الله اين هو .. او متى ؟؟
وفجأة سمع صرخة قصيرة بالخارج فأسرع نحو الباب وفتحه
بهدوء لم يستمر طويلا قبل ان ينتفض رعبا.
كان ذلك الظل الدخاني يرفع بقبضته رجلا عجوز من عنقه
والرجل يكاد يختنق وما ان احس به الظل حتى التفت اليه وان
لم يفلت العجوز تراجع سعيد إلى الخلف في رعب فرفع الشبح
يده وتحركت العاصفة مرة اخرى ولكنها لم تضربه هذه المرة
بل بدا كما لو انها تجمع كل ما بالغرفة نحو مركزها
وتعتصره فيها قاوم قوة جذب الدوامة وهو يسمع كل شيء
يصطدم بمركزها فيتحطم وينسحق ويختفي والشبح يقف في
وسط كل هذا رافعا بيد ضبابية الرجل الذي اخذ يكافح من

اجل الخلاص قبل ان تنقطع انفاسه والدوامة صارت كإعصار حتى ان قدمي سعيد طارت في الهواء فتشبث بحلق الباب الذي عبره للتو بيده اليسرى مقاوما الريح العاصفة وكاد ينجذب اليها وشعر بيده تتخلى عن الباب واصابعه تنفلت وفجأة وامام عيني سعيد هدأت العاصفة وقد اختفى كل ما بالغرفة في وسط الدوامة العجيبة وكأنها بوابة لعالم اخر ابتلعت كل شيء فيما عدا الشبح والعجوز الذي اصبح مستسلما وكف عن المقاومة تماما كما لو كان قد مات او على اقل تقدير فقد الوعي كان سعيد قد فهم ان هذا هو هنري اول الضحايا المعروفين للغرفة ، انه يشاهد موت الرجل!! ولكن هل يستطيع التدخل؟ لا ضرر من المحاولة هكذا فكر، على كل حال هو لا يفهم طبيعة تلك الرحلات بعد، اعتدل واقفا وهو يقول:

- اهدئي يا ماريانا لا داعي لذلك انزليه لازال هناك امل في إنقاذه.

رأي بعينه دائرة نارية ترتسم على ارضية الغرفة وتقاطعت النيران لترسم بداخلها نجمة خماسية واخذت بعض الكتابات تظهر على الارضية بلغة غير مفهومة اشبه بالرموز اللاتينية.

فاستجمع سعيد شجاعته وبحث عن صوت فر من حلقه من فرط الرعب وقال:

- لقد عانيتي الكثير اعلم ذلك ولكن هذا الرجل لم يفعل ذلك هذا الرجل بريء لا ينبغي ان يموت لا تدعي غضبتك تحولك إلى شيطان مدمر.

كان يتكلم وهو يتقدم بهدوء محاولا الوصول إلى الرجل في قبضة الشبح وهو يفكر في كيفية تخليصه منه مركزا عينا عليه وعين على النار الملتهبة على الارض حتى لا يحترق مرة اخرى وأكمل محاولا جذب انتباه الشبح اطول فترة ممكنة:

- ان من فعلوا ذلك بك رحلوا من زمن بعيد جدا لم يعد من الممكن القصاص منهم ولكن اعدك ان اعيد اليك حقك سأنشر كل ما حدث وسأبرئ اسم عائلتك من تهمة السحر سأ...

قاطعه الشبح بأن رفع يده مشيرا اليه فجأة وفي نفس اللحظة انقطع صوت سعيد تماما !! وعبثا حاول ان يصدر اي صوت بلا جدوى لقد ضاع صوته تماما ... اخذ الشبح صوته ... امسك رقبته وهو يسعل محاولا اخراج اي صوت وهو يتراجع إلى الخلف في جزع في حين التفت عنه الشبح حين سمع صوت طرقات عالية على باب الغرفة فأشار بيده إلى

باب الغرفة لحظة ثم رفع يده الممسكة بهنري الميت او الفاقد الوعي وامام عيني سعيد ارتفع الجسد الساكن عن الحركة في الهواء وظهر حبل من الفراغ قيد ساقيه ورفعها عاليا قالبا هنري راسا على عقب وما ان تعلق في الهواء حتى ظهرت العن مجموعة من الوجوه الشيطانية معلقة في الهواء كأنما جاءت الشياطين جميعا لحضور الحفل وترددت في المكان تمتمات خافتة بلغة غير مفهومة كما لو كانت تعاويذ سحرية تتلوها اشباح خفية ارتفع معها الشبح في الهواء واخذ يدور في الغرفة حول الجسد المعلق في مركز الدائرة الكبيرة .

لم يستطع سعيد ان يبقى ساكنا ولم يقاوم اصلا بل فور ان انطلق الشبح محلقا تاركا هنري حتى قفز من فوق دائرة النار وهبط في منتصف النجمة الخماسية آلمته قدمه بشدة بسبب اصاباته فيها ولكنه تماسك لا وقت للألم وعلى الفور بدأ العمل فاحتضن جسد هنري بذراعه اليسرى وهو يراقب الشبح الذي بدى غير مهتم بما يفعله سعيد حاول رفع جسد هنري ليسهل حل عقدة الحبل بيده المكسورة محاولا تجاهل الالم الرهيب الذي سرى فيها ولكن العقدة كانت مستحيلة الحل شعر بشيء يجذب جسد هنري من بين يديه وشيء اخر يقيد ساقيه ولكنه تشبث بالجسد وهو يحاول في استماتة ان يحل الحبل ولكن

تورم يده والالم اضاع كل محاولاته عبثا والشبح يدور ويدور والترانيم الخفيضة كساعة القنبلة لا يعلم ما سيحدث عندما تنتهي والجسد يواصل الانزلاق من يده حتى صار من المستحيل الوصول للعقدة حاول القفز ولكن الشيء الممسك بقدميه منعه من ذلك فنظر إلى قدميه في دهشة تحولت إلى رعب هائل وعينيه تتسعان ذعرا وارتفعت الدقات على باب الغرفة اكثر واكثر .

تحت قدميه كانت الارضية الصلبة قد تحولت إلى ما يشبه الرمال المتحركة في الصحراء او ربما عجين لزج غاصت فيه قدميه حتى الكاحل ومازال يغوص اكثر فأكثر بسرعة تشبث بجسد هنري بكل قوته غير مبالي بالحبل المربوط حول ساقيه فقد صار الوضع اما هو واما سعيد والامل في انقاذ هنري في هذا الوضع ضعيف جدا وربما يكون قد مات فعلا ولكن كل هذا لم يوقف معدل الغوص لحظة وفي النهاية اضطر اضطرارا ان يفلت جسد هنري بعد وصلت الارضية إلى منتصف صدره وفجأة توقفت الترانيم الخفية وتوقف الشبح الطائر في الجو قبل ان يندفع فجأة الى الجسد المعلق ويغيب بداخله وامام عيني سعيد ارتج الجسد وكأنما دبت فيه الحياة وسعيد يغوص تحت اقدامه والجسد يرتج ويرتج وقبل

ان يختفي وجه سعيد بلحظة سطع الضوء بشدة من الجسد ثم انفجر الجسد بلا صوت غامرا الغرفة بضوء قوي وحرارة شديدة وكان اخر ما رآه سعيد قبل ان يختفي وجهه في الارضية الباب المفتوح ووجوه تحدق في الفراغ قبل ان يظلم كل شيء .

******

افاقت سارة إثر لطمات خفيفة على وجهها ففتحت عينيها ببطء ثم انتفضت جالسة عندما عادت إلى ذاكرتها الاحداث الماضية دفعة واحدة ولكنها وجدت امامها ادوارد عامل الحقائب العجوز راكعا امامها يفحصها فأبعدت يده في رعب وهي تهتف:

ـ ماذا حدث اين انا.

نهض ادوارد بعناء على ساقيه قبل ان يقول بتهكم:

ـ انت ما زلت حيث وجدتك.

نظرت اليه في شك وسألته:

ـ وكيف وجدتني.

نظر اليها في صمت ثم قال:

ـ كنت اعرف أنك تحومين حول الغرفة الملعونة فراقبتك لا أحب ان ينتهي بك الامر مثل الاخرين وعندما رايتك تدخلين هذه الغرفة تبعتك ودخلت اليها خوفا عليك ورأيتك تحاولين القفز من النافذة فأمسكت بيدك ولكنك هربت وعندما لحقت بك عند الباب صرخت وفقدت الوعي كحمقاء هذا كل شيء.

نهضت سارة في غضب وهي تقول:

ـ هكذا إذا! لم أكن انوي الانتحار يا مخرف انا ...

صمتت لحظة ثم سألته في خوف ملحوظ:

- اي غرفة ملعونة واي اخرين ؟؟ ماذا تعني يا رجل أفصح.

تطلع إلى الفراغ امامه وهو يقول:

- انها قصة طويلة حكاها لي ابي عندما كان يعمل بهذا الفندق منذ زمن طويل ومن يومها وقد عهدت على نفسي ان أبقي بجوارها طمعا في ان يعيد الزمن نفسه واشهد ما شهد ابي ولكن الزمن طال واصابني اليأس ربما لا يمهلني العمر لا أعرف ولكن الامل عاد بالأحداث الاخيرة ومجيء هذا النزيل.

ثم التفت اليها وهو يقول في جنون:

- انه يعرف مثلما أعرف ان شيئا سيحدث ربما غدا في الثالث عشر من هذا الشهر ربما يكون الوقت قد حان اخيرا.

قاطعته وهو تمسك براسه بكلا كفيها:

- أخبرني ايها المخرف ماذا قال لك والدك ما بال هذه الغرفة وما الذي حدث بها هل مات بها أحد من قبل ام ماذا.

نظر اليها في سخرية:

- نعم مات بها الكثيرين من اعرفهم رجلين وامرأة الرجل الاول مات عندما كان والدي طفلا والرجل والمرأة ماتا بعده بزمن لست بيقين انهم ماتوا فقط رحلوا عن عالمنا كنت انا في الحادي عشر من عمري عندما اختفى الرجل والمرأة اعي ما حولي ولكن لا افهم الكثير مما حدث فقط اختفى كل ما ومن

بالغرفة كل شيء اختفى كان هذا عام ١٩٢٢ لم اكن بالفندق وابي لم يكن يعمل به ايضا ولكنه جاء وادلى بشهادته عما حدث من قبل كان صغيرا يعمل بالفندق وفي يوم ما سمع انفجارا وهو بالطابق الارضي ورأى اضواء غريبة وعندما صعد إلى هناك فزعاً وجد صاحبة الفندق وبعض العاملين يحدقون في الغرفة ، والغرفة خالية تمام لا اثر لأي شيء بها لا اثاث او مفروشات ولا نزيل ايضا ولكن الارضية كانت مغطاة بمياه اكتسبت حمرة الدماء التي سالت في الغرفة ولم يعد من الممكن معرفة صاحبها .

التقط انفاسه ثم تابع:

ـ اننا نسكن بالقرب من هنا لذا كنا على مقربة دائما من الاحداث ولقد قضيت السنوات التالية اتلهف ان ارى الاحداث بنفسي كنت اتخيل ان الغرفة تفتح بوابة على عالم اخر عالم سحري غير عاملنا المادي البائس لذلك بقيت بالقرب من الفندق اراقبه واحلم، كبرت وتزوجت ولكني لم أنجب وكانت حياتي بائسة اعمل في الحقول بأجر قليل أنفق معظمه على الخمر كل يوم واعود مساءا اترنح لأصب العذاب على زوجتي المسكينة القصة المعتادة لعامل يومية بلا مستقبل من اي نوع حتى جاء اليوم الذي بدء فيه كل شيء بالنسبة لي.

شرد ببصره في الفراغ حاولت سارة رؤية ملامح وجهه على الضوء القادم من النافذة ولكنها عجزت عن ذلك فقالت قاطعة الصمت وهي تهز رأسها في استنكار:

- انا لا اصدق كلمة مما تقول لا تخبرني إنك رأيت شيء بنفسك هذا سيكون كذب بيّن اتعرف لماذا لأن هذا يعني أنك تعديت المائة بثلاثون عاما عمرا وهذا غير صحيح يبدو ان عقلك لم يعد كما كان.

حاولت الانصراف في سخط ولكن ادوارد امسك بيدها وقال بهدوء:

- اجلسي سأشرح لك كيف حدث هذا.

اجابت بعناد:

- ولماذا انا ولماذا الان.

التقط نفسا عميقا ثم قال:

- لان رحلتي تنتهي غدا ... غدا سأموت !!

******

حاولت مريم ضم قبضتها لتخفي ارتعاش يدها وهي تهبط في مطار لندن كانت الساعة قد تجاوزت الثالثة بعد الظهر بدقائق انهت اوراقها سريعا ثم خرجت من المطار تبحث عن سيارة اجرة توصلها إلى الفندق اوصالها ترتعد خوفا تسأل نفسها في كل لحظة ماذا تفعل هنا حقا؟؟ كانت القصة التي قصها عليها د. حاتم عن مهمة سعيد تلك القصة التي جعلتها لا تستطيع السيطرة على انفعالاتها فسيطر الخوف والفزع عليها وانبها ضميرها بلا رحمة انها كانت احد الاسباب التي جعلت سعيد يقبل بهذه المهمة الخطرة منذ قص عليها د. حاتم الامر وهي تشعر بغصة في حلقها والم في قلبها انبأها انها لازالت تحبه ... قلقها ورعبها جعلاها تصر على اللحاق به رغم معارضة د. حاتم ولكن انقطاع اخبار سعيد واصرار مريم جعله يرضخ في النهاية لرغبتها وبصلاته العديدة استطاع وضعها في الطائرة المتجهة إلى لندن وها هي في طريقها إلى الفندق الذي رأت حلمها فيه فهل تستطيع انقاذه ؟! سالت دموعها عندما تذكرت الكابوس وشعرت ببرودة تتسلل إلى اطرافها وخفق قلبها باسم سعيد فأشارت بسرعة إلى أقرب السيارات اليها واعطته العنوان وهي تفكر في الخطوة التالية عندما تصل هل ستجد سعيد بخير؟ هل مازال حياً؟ زلزلتها فكرة موته

فانتفضت تأمر السائق بالإسراع قليلا وانطلقت السيارة تنهب طريقا بلا عودة

******

"كنت في الثالثة والاربعون وكان هذا عام ١٩٥٤مخمورا بشدة بعد يوم عمل طويل "

أكمل ادوارد بعد ان جلست سارة امامه متبرمة من كل هذا وقال:

ـ كان يوما صعبا خرجت من الحانة دفعت معظم ما عملت به طوال اليوم ثمنا للخمر وخسرت الباقي في لعبة ورق لعينة اترنح متجها إلى منزلي ممسكا بزجاجة ابتعتها على الحساب من الساقي رحت اجرع منها جرعات طوال الطريق وانا العن تلك المرأة ـ زوجتي ـ التي ستولول وتنوح فور وصولي مخمورا بلا نقود رغم اني المخطئ وان لها كل الحق ازددت غضبا منها رغم انها لم تفعل شيئا بعد ولكني في الحقيقة كنت العن صورتي التي تصر ان تبرزها كل لحظة امام عيني ، صورة حقيرة لفقير مقامر مخمور قررت بيني وبين نفسي ان اضربها ان فتحت فمها بكلمة ولعنت الظروف ماذا يظنون هؤلاء النسوة نكدح طوال النهار وتنقسم ظهورنا حتى نعطيهم نقودنا وهن جالسات في المنازل ان ارادت القوت فلتعمل من اجله هكذا دارت الافكار في عقلي متناسيا ضعفها ومرضها والحقيقة انها رغم ذلك كانت كل يوم تذهب

إلى الحقول بحثا عن عمل وتعود خائبة الرجاء فمن ذا الذي يستخدم تلك السقيمة كانت بلا فائدة حقا .

وبالطبع انهلت عليها ضربا مع اول سؤال منها عن النقود وهويت بزجاجتي على رأسها وانهلت على جسدها الهزيل باللكمات ولكنها كانت قد وصلت إلى اقصى احتمالها فسقطت عند قدمي بلا حراك.

سكت قليلا ورغم الظلام عرفت سارة انه يبكي بشدة ولكن بصمت مستغلا الظلام ولكن تهدج صوته فضح امره شعرت ببعض التعاطف معه وذهب تبرمها منه فربتت على كتفه برفق فالتقط نفسا عميقا ثم قال:

- لم اعلم حقا ان كانت قد ماتت ام لا ولكن تأثير الخمر جعل موتها وانا ارى الدماء تلوث يدي حقيقة مؤكدة، لقد ماتت ... قتلت زوجتي ... انتهت حياتي لن ترحمني الشرطة ولن يسمعني قاضي ومن ذا الذي يسمع لسكير وماذا اقول له حتى ولو اصغى كان لابد ان اهرب ... اهرب قبل فوات الاوان خرجت من المنزل تاركا زوجتي الحبيبة على الأرض بلا حياة بعد ان سلبتها اياها اخذتها زهرة يانعة وتركتها على الأرض جثة بلا روح واين اذهب في هذا الظلام ظللت اركض حتى وجدتني امام الفندق المغلق تسلقت السور

ودخلت وانا انوي ان اختبئ فيه حتى تهدأ الامور ثم ارحل عن هذا المكان، انا بالفعل زرته مرارا واحفظ كل شبرا فيه رغم انه مغلق منذ فترة طويلة ولكن الامل ان اقابل الليلة التي ستغير حياتي البائسة كان يراودني مما دفعني ان اتسلل اليه مرارا من قبل ولكن تلك الليلة كانت مختلفة مشيت في طرقاته ارتجف كان خالياً من كل اثر للحياة الانسانية خالي من المفروشات والاتربة والعناكب قد سكنت كل ركن به وبدون ان ادري وجدتني داخلها داخل الغرفة الملعونة وكأن قوى خفية دفعتني اليها .

ابتلع ريقه وهو ينظر الى سارة في الظلام ثم قال:

ـ انتظرت طوال حياتي تلك اللحظة ويومها بلا منطق شعرت انه اليوم الموعود كانت الغرفة خالية من المفروشات الا من سرير عاري ومنضدة وخزانة قديمة خالية ولكني شعرت ان بها شيء أكبر من هذا ورغم انني حلمت بهذا اليوم الا ان الشعور الذي انتابني في هذا اليوم هو الذعر والذعر فقط كل شيء هادئ ولكن الهدوء الذي يسبق العاصفة هناك شيء خلف هذا السكون استدرت بسرعة محاولا الخروج ولكن الباب كان مغلقا بشدة وضعت زجاجتي على المنضدة لأخلي

يدي وحاولت بكل قوتي فتح الباب ولكن هيهات صرت سجينا بلا امل في الخروج.

قاطعته سارة في غيظ وقد التهب فضولها:

- هلا اسرعت قبل ان يتفقدنا احداهم لا يمكننا الانتظار هنا طوال اليوم كما تعلم.

ابتسم وقال:

- اصبري يا ابنتي انا ألقى عليك حملا ثقيلا لا تستهيني به ستحملين معك هذه القصة قصة الغرفة رقم ٣ طوال حياتك من بعدي انا سأموت غدا ولكنك ستعيشين لترويها لأحفادك.

- اروي ماذا ؟؟

- ما سيحدث لم يحدث بعد انا فقط اعدك لما سيأتي يجب ان تعلمي كل التفاصيل.

قالت بنفاذ صبر:

- حسناً ... حسناً أكمل.

تنهد لضيق بصيرتها لكنه عاد وأكمل ما بدأ قائلا:

- كان الخمر والفزع قد سيطر عليّ رغم ان المكان هادئ كالقبر الا أن فكرة انني حبيس الغرفة الملعونة جعلت لا مكان للتعقل وكان الامل الوحيد لدي في النافذة قررت الخروج من النافذة والسير على الإفريز إلى الغرفة المجاورة.

قاطعته بغيظ:

ـ كما كنت سأفعل الان ايها الاحمق وانت ظننت انني انوي الانتحار.

ـ لا فارق دخولك الغرفة يعد انتحارا انا كنت اهرب بحياتي وانت كنت تقدمين حياتك لها ، المهم خرجت من النافذة ورغم سكري الا انني وقفت على الإفريز ويبدو ان الفزع اضاع كل اثر للخمر من رأسي رأيت نافذة الغرفة رقم واحد علي بعد خطوات ، مترين ونصف بالتحديد ليست بالقصيرة على هذا الإفريز ولكنها ليست مستحيلة تقدمت إلى الامام خطوة بخطوة وانا أسلي نفسي بأغنية محاولا تثبيت عزيمتي ان النافذة ليست مرتفعة ولكن السقوط قد يسبب كسورا خطيرة ، طربت لأغنيتي وانا اتقدم وعلا صوتي واندمجت معها حتى انني لم انتبه انه قد مر الكثير من الوقت وانا على الإفريز اتقدم للأمام ولكن النافذة التالية لم تقترب شبرا واحدا انتبهت وعزوت الامر إلى سُكري، غبي مخمور تملأ رأسه الخيالات وصرت اعد خطواتي وانا اتقدم ولكن عندما وصلت إلى عشرين خطوة توقفت لا يمكن ان تكون الغرفة التالية ابعد من هذا نظرت إلى الخلف كان اطار النافذة الخاصة بالغرفة الملعونة

على بعد سنتيمترات من يدي في حين لم تقترب النافذة التالية شبرا واحدا !!!

بالطبع فشلت وعدت بسهوله إلى الغرفة اللعينة وتناولت زجاجتي لأصب نصفها في حلقي وصرخت حسنا افعلي ما تريدين فلن يغير هذا من الامر شيئا انا ميت بالفعل وما هي الا ايام اموت من الجوع او يقبض عليّ وأعدم لا فارق، وهنا ارتجت الغرفة وتحرك الهواء فيها كريح صاخبة وارتفعت الضحكات في المكان ولكي ان تتخيلي ان في لحظات ضاعت شجاعتي فألقيت الزجاجة وجريت الى الباب مرة اخرى. وقبل ان تكتمل اولى خطواتي اندفعت يدين معروقتين من الارض واندفعت معها نوافير من سائل احمر كالدم واخذت تلك الايدي تحاول الامساك بقدمي وكلما راوغتها اختفت لتظهر بجوار قدمي وكأن مئات الشياطين اسفل الارضية صممت على الإمساك بي ولكن عدم اتزاني وترنحي حال بينه وبيني اندفعت هربا منها في كل اتجاه تقريبا وهي لا تتوقف وايقنت انها ستنالني في النهاية لا محالة وفجأة اشتعلت وسط الدماء دائرة غريبة كالتي نراها في الافلام ولكن النيران حقيقية كما ينبغي لها ان تكون وفي وسط الدائرة نجمة خماسية تلك التي تستخدم في السحر كان التعقل قد ذهب ادراج الرياح فظللت

اصرخ كالأرامل ورياح قوية تحول المكان إلى دوامة وانا
اراوغ الايدي التي تحاصرني محاولة دفعي إلى داخل الدائرة
ولكن خوفي من النيران ومنها كان اقوى حتى وصلت إلى
باب الحمام وانا اتساقط من الرعب دخلت وادرت المقبض من
خلفي وما ان فعلت حتى اظلم كل شيء وفقدت الوعي .

نظر في عينيها رغم الظلام وهو يقول:

ـ تسألين كيف انا في هذا العمر حسنا سأجيبك ولكن سيعجز
عقلك الصغير عن التصديق فاسمعي.

كانت القصة قد جذبت انتباه سارة فتدلى فكها في بلاهة
واتسعت عيناها وخفق قلبها رعبا تنظر إلى ادوارد في رعب
تريده ان يتوقف من فرط الرعب وفي نفس الوقت لا تطيق ان
يسكت لالتقاط الانفاس من فرط الاثارة ولم يخذلها ادوارد
فاستكمل قائلا:

ـ عندما افقت كان الهدوء هو السمة الاساسية في المكان لا
عواصف لا ايدي لا دماء فقط الغرفة الخالية تماما وانا حتى
الفراش والمنضدة اختفوا وعندما حاولت الخروج انفتح الباب
بصرير مزعج ولكنه انفتح خرجت من الفندق وانا اتوارى من
الناس كانت الشمس قد غربت وعاد الفلاحون من حقولهم
ولكن ولشدة دهشتي لم ارى شخصا واحدا اعرفه لم يكن من

الممكن ان اعود إلى منزلي او إلى الحانة فهرعت إلى المدينة اختفي بين اهلها وزحامها ولكن كل شيء كان مختلفا اشكال الناس الملابس حتى قصات الشعر والسيارات المحلات والشوارع التي كان تضاء بالكيروسين بها مصابيح تشع نورا بلا نار ومن جريدة قديمة ملقاة على الأرض عرفت الحقيقة المخيفة التي اعجز عن تصديقها حتى اليوم رغم اني اعيش فيها ! لقد كانت التاريخ في الجريدة هو الثالث عشر من سبتمبر وهو نفس تاريخ الأمس ولكن عام ١٩٨٦ !!

لقد نالت الغرفة مني حقا ...

******

توقف برنارد هيز عن الدوران بمقعد مكتبه واعتدل بعد استرخاء عندما سمع طرقات خفيفة على الباب وقال في هدوء:

- ادخل

فتح الباب ودلفت الى الغرفة شابة حسناء تقدمت بهدوء وجلست على المقعد المقابل وهي تقول:

- لا يوجد اخبار؟

- الحقيقة أنا لا اتوقع اي اخبار اليوم بل غدا، الاخبار المهمة ستاتي غدا ولكن ....

- ولكن ماذا.

زفر هيزارد قائلا:

- اين الاخبار العادية هل تم عمل الاستعدادات اللازمة؟ هل كل شيء في محله؟ هل نحن مسيطرين على الموقف؟ ام نحن في انتظار أن نفقد شخصا جديدا؟

كانت هذه ليزا كاتمة أسراره وسكرتيرة مكتبه الخاص بالمقاولات والكائن بوسط لندن بشارع هارلي فورد وكان برنارد الذي تجاوز عقده السادس بقليل يثق بها ثقة عمياء وتدير له كل صغيرة وكبيرة حتى في منزله.

فكرت ليزا ثم قالت محاولة تبرير الأمر وطمأنته:

- لربما لا يوجد اخبار! أن الاخبار هيا ما يخالف المألوف والمتوقع وإلا فإن كل شيء على ما يرام أن عدم وجود اخبار هو خبر جيد في حد ذاته الا ترى ذلك؟

شرد بصر برنارد لحظة قبل أن يقول:

- انا لم أخفى عنكي شيئا عزيزتي ليزا لقد كنتي هناك ليلة وفاة امي ولقد سمعتي القصة الرهيبة التي حكتها لي امي قبل وفاتها عن هذا المكان وعن أبي الذي اختفى تاركا إياها بين الحياة والموت وا.....

- اعتقد انني سأسمع هذه القصة من البداية.

كانت هذه من مريم التي وقفت بجوار الباب عاقدة زراعيها أما صدرها وقد ارتسم الغضب على وجهها بوضوح وبسرعة انتفضت ليزا وهبت واقفة وهي تصرخ:

- من انت؟ وكيف دخلتي الى هنا هذا مكان خاص لا يحق لك دخوله والتنصت على ما يحدث فيه بدون اذن اوضحي موقفك فورا قبل أن أطلب البوليس.

- اهدئي عزيزتي ليزا هذه مريم وانا في انتظارها.

قالها هيزارد وهو ينهض ليصافح مريم محاولا تلطيف الجو قبل ان تنشب كلا من الفتاتين اظافرها في عنق الاخرى فمدت مريم زراعها في حذر وهي تتأمله قبل أن يشير إلى المقعد

المقابل لليزا لتجلس عليه فجلست وهي ترمق ليزا بثقة وليزا تقول في خفوت:

- لماذا لم تخبرني عن ذلك

- لقد علمت بقدومها قبل دقائق من الان، والمفترض انها متوجهة إلى الفندق.

نطق عبارته الأخيرة وهو ينظر الى مريم التي كانت تبدو رائعة الجمال رغم لباسها المحتشم مما أثار حقد ليزا فنهضت وهي تتمتم بصوت مسموع:

- يبدوا أن هناك اخبار في النهاية فقط انا اخر من يعلم

ثم غادرت الغرفة في سخط فالتفت برنارد مرة أخرى إلى مريم متناسيا ما قالته ليز وقال في هدوء:

- مرحبا بك آنسة مريم في المملكة وفي مكتبي المتواضع أن الساعة الان تقترب من الخامسة اسمحي لي أن نتشارك قدحين من الشاي في الخارج.

واشار إليها أن تتقدمه الى شرفة مكتبه وهو يأمر ليزا عبر جهاز الاتصال الداخلي بتقديم الشاي ثم تبع مريم الى الشرفة وجلس قبالتها وهو يقول:

- نتكلم هنا أفضل ماذا هناك لماذا لم تتجهي إلى الفندق لقد وصلني اتصال من د. حاتم بحضورك ولكن لم افهم الأسباب

أو الحاجة لذلك فلم يحدث شيء يستدعي حضور شخص جديد هذه ليست رحلات سياحية مجانية كما تعلمين.

اقتربت مريم من برنارد بوجهها وهي تحدق في وجهه:

- لقد جئت لأنك خدعتنا مستر برنارد اننا نخاطر برجالنا وانت تجلس خلف مكتبك ومع هذا تأتيك الجراءة انت تخفي عنا الحقيقة !!

- اي حقيقة !!؟؟

- من انت؟ وكيف تعلم اي شيء عن هذه الغرفة؟ وما الذي دفعك لثبر غورها ما قصتك بالضبط؟

- هل تجدين من المفيد أن تتعرفي عليا وعلى دوافعي أكثر من الذهاب ومساعدة زميلك؟

- احاول سد الثغرات ربما لن اكون مفيدة هناك ولكن بالتأكيد كل معلومة تفيد في حل اللغز، ان معرفة سبب لعنة الغرفة ليست اقل اهمية من مواجهتها او تسجيل الاحداث الواقعة بها.

تنهد برنارد ثم قال:

- حسنا انا برنارد هيزارد مالك الفندق الذي تجري به الأحداث وبالطبع اعلم قصة الغرفة كل المنطقة المحيطة بها تنتشر بها اشاعات واساطير عنها.

- وهل انت من المنطقة المحيطة بالفندق؟

تنهد مرة أخرى ثم قال:

ــ ماذا تريدين بالضبط

استرخت مريم في مقعدها وقد أحست بقرب انتصارها وقالت:

ــ كل شيء تعلمه أو تظن أنك تعلمه اريد القصة كلها ومن البداية.

ــ لا يوجد قصة ما هناك !! كل ما في الامر انني عندما عزمت على شراء الفندق وصلتني بعض الشائعات التي تدور حول المكان وبالطبع كرجل أعمال كان يجب أن اطمئن أن استثماري في هذا المكان لن يحقق لي الخسارة لذا بحثت في الامر فتبين لي أن هناك حدث غريب يحدث في هذا المكان عندما تتراصف بعض الابراج مع كوكب المشترى وهو أمر يحدث كل اثنين وثلاثون عاما ولأنني لا اثق في هذه الأمور ولا اصدق معظم ما سمعته من قصص يشاع أنها حدثت في هذا المنزل فقد استأجرت خير من اعرف من خبراء في هذا المجال لتأكيد الامر من عدمه هذا كل شيء هل يرضيك هذا؟

تراجعت مريم في مقعدها قليلا وهي تفكر قبل أن تجيب وهي تبتسم في غموض:

- ربما ... يبدوا ان هذا الاشاعات لم تثنيك عن شراء المكان، أنا أعرف بعض الأحداث التي ذكرت ولكنني اكتشفت احداثاً أخرى.

- اي أحداث؟

انحنت الى الامام وهي تحملق في عينيه مباشرة قائلة:

- اكتشفت أن عائلتك لها علاقة بهذا المنزل من البداية لقد صارحني د. حاتم بكل شيء يعرفه، أن لك سلفا مات في هذا المكان من عهدا بعيد سقط عن واجهة المنزل كما أعتقد كما عاصر ابنه الذي هو جدك المباشر الأحداث الاولى عندما كان طفلا الا ترى أن عائلتك ترتبط بهذا البيت أكثر من اللازم، أكثر من مجرد أن يكون صدفة.

احتقن وجه برنارد وصمت لدقيقة كاملة قبل ان يقول في استسلام:

- ماذا تريدين؟

ابتسمت مريم في ظفر وقالت:

- اريد باقي الاحجية ليس صحيحا أنك سمعت فقط عن المنزل عندما اردت شراءه انت تعرف الكثير لا نعرفه.

دخلت ليزا في هذه اللحظة تدفع عربة الشاي بنفسها وقدمت لمريم فنجانا أنيقا صبت لها به بعض الشاي وطبق به بعض

الكيك وقامت بالمثل مع برنارد قبل أن تسحب مقعدا أمام دهشة مريم وتجلس بينهما وتصب لنفسها بعض الشاي قبل أن يقول برنارد مبررا الموقف:

- ليزا تعرف كل شيء انها كاتمة أسراري هل تمانعين جلوسها معنا؟

ابتسمت ليزا ابتسامة سمجة في وجه مريم كأنما تتحداها فقالت مريم في لا مبالاة:

- لقد جلست بالفعل.

ضحك برنارد قبل ان تقول مريم في جدية:

- نعود لموضوعنا مستر برنارد، لقد سمعت لدى دخولي أن والدتك أنبأتك بشيء عن قصة المنزل جزء مفقود لم يصلنا فهل أوضحت هذا الجزء من فضلك اريد القصة كاملة.

التقط برنارد كوب الشاي وهو يقول:

- لا اعتقد أن ما قصته أمي له علاقة بالأحداث الجارية أو يؤثر بها، أنها بعض الأسرار العائلية التي أستمحيكي عذرا الا اذكرها هنا، أن بعضها مخجل وانت تعرفين بالفعل كل ما تحتاجين معرفته.

شرد نظر ليزا لحظة أثناء كلام برنارد وما أن انتهى من عبارته حتى قالت فجأة:

- لقد اختفى والده في هذا الفندق.

نظر إليها برنارد شذرا فقالت مبررة موقفها:

- إن كنت تريد أن تعرف ما حدث لوالدك فعليك أن تخبرهم عن ماذا يبحثون اليس كذلك؟

تنهد برنارد وصمت لحظة قبل أن يقول:

- انت على حق يجب انت تعرفي كل شيء.

وضع الفنجان على طاولة صغيرة توسطت المكان ثم شرد بنظره الى الشارع المزدحم وبدء يروي ما حدث قائلا:

- لم يكن والدي رجلا سيئا انا لم أراه ابدا وليس لدي غير صورة قديمة له بالأبيض والاسود لا تفارق جيبي.

اخرج صورة قديمة لرجل فارع الطول قوي البنيان وسيم الملامح يحمل بين يديه امرأة شابة ترتدي الثوب الابيض ويضحكان في سعادة ويبدو رغم رداءة التصوير والملابس أنها صورة زفافهما واستكمل برنارد حديثه قائلا:

- ولكن امي حكت لي الكثير عنه قالت لي أنه كان رجلا شجاعا له نفس بنيتي القوية لا تنظري الى هذا العجوز امامك فلقد كنت ملاكما في شبابي.

نظرت مريم بعفوية تتأمل جسد برنارد الذي بدأ ممشوقا منتصبا لا يتناسب مع سنوات عمره تبدو عليه القوة كشاب في

العشرين قارنت بين ملامحه وصورة والده قبل أن تعيد إليه الصورة وتحول انتباهها الي حديث برنارد مرة أخرى وهو يقول:

ـ لكن ابي لم يرث عن جدي غير الفقر والفاقة مما أجبره على استخدام قوته للعمل بالحقول كعامل اجير كان الاجر يومي فلو مرض ابي يوما ما وجد ما يطعم به والدتي التي صبرت معه وكانت تلح عليه للعمل بمصانع المدينة حيث الاجر افضل ولكنه لم يجد ابدا فرصة جيدة وازداد ضغط الحياة عليه بعد مرض امي وملازمتها المنزل فعاقر الخمر التي حولته الي شخص اخر قبيح مسخته مسخا الي رجل فظ الطباع غير مبالي بأسرته حتى انتهى به الأمر إلى الاعتداء على امي بالضرب والهرب تاركا امي على الأرض تنزف حتى وجدها بعض الجيران ونقلوها الي المشفى القريب وهناك اكتشفت انها تحمل في احشائها جنين مقاتل لم يكمل شهره الثاني ومع ذلك صمد ولم يفقد حياته امام ركلات ابي وبعد أن ضمدوا جراحها عادت إلى منزلها ترتجي عودة والدي وكلها أمل أن هذا الجنين الذي هو انا والذي انتظرته طويلا أن يغير حياتها للأفضل وان يعيد لها الزوج الذي أحبته من كل قلبها ولكنه لم

يعد ابدا فخرجت للعمل بالمصانع بالمدينة وانجبتني وربتني وضحت بكل شيء لأصير ما أنا عليه اليوم هذا كل شيء .

- وابيك؟ الم تكتشف اين ذهب كل هذه السنوات؟

- يعتقد بعض الناس أنهم رأوه يتسلق بوابة الفندق في يوم الحادث ولم يظهر بعدها ابدا خمني تاريخ هذا اليوم حسنا لن اصيبك بالحيرة أنه الثالث عشر من سبتمبر عام ١٩٥٤.

- إذا لقد اختفى والدك داخل الفندق في توقيت مثالي ليكون الضحية الثالثة الفندق.

- بعد وفاة امي بحثت طويلا في تاريخ المنزل وعلمت ما تعلمين الان.

نهضت مريم وهي تقول في حزم:

- حسنا يبدو أنه قد حان الوقت للذهاب ويبدو أنك سترافقني الى هناك فانا اعتقد أن الأحداث التي قصصتها الان لها صلة من قريب أو بعيد بهذا الفندق.

نهض برنارد من مقعده وهو يعقد ازرار بزته قائلا:

- بقي أمر اخيرا روته لي امي يجب أن تعرفيه أن جدي البعيد ذلك الذي سقط عن واجهة الفندق هل تذكريه؟

- نعم

ـ أنه الابن غير الشرعي لابنة مالك المنزل من علاقة غير شرعية مع أحد عمال المزرعة في فترة الوباء الذي اجتاح المنطقة تعرفت عليه أثناء مساعدتها الأهالي على مواجهة الوباء ولقد هرب به والده قبل اعدام والدته حرقا بأيام لاعتقاد الأهالي انها ساحرة.

شهقت مريم من فرط الصدمة قبل ان تقول:

ـ هذا يفسر الكثير ولكن ليس كل شيء يجب أن نعرف ماذا حدث في تلك الغرفة بالضبط وحتى نعرف يجب أن نتوجه الى هناك الآن يجب أن يعرف سعيد كل هذا ارجوا فقط الا أن نصل بعد فوات الاوان.

غادرا المكتب وبقيت ليزا وحدها تتساءل حقا ماذا حدث في تلك الغرفة في ذلك اليوم المشئوم من سبتمبر

*****

وقف مستر برنارد هيز امام الغرفة رقم ٣ بغضب بالغ يتميز غيظا وكل دقيقة يدور حول نفسه قاطعا الممر ذهابا وايابا ثم يعود ليقف بجوار مريم التي صبت كل تركيزها على موظف الاستقبال وهو يحاول فتح الغرفة الملعونة وقد اصابها التوتر الشديد وقلق اشد على مصير سعيد رغم انها توقعت ان الامر لن يكون سهلا ولكنها أملت بشدة ان تخطيء ظنونها ولو لمرة وعندما مرت عشرة دقائق على وقفتهم المتوترة هتفت في ضيق في الموظف المسكين:

- رباه هل سنمضي النهار كله في التحديق في ظهرك اما ان تفتح الباب او تجلب من يستطيع لن نقضي ما تبقى من عمرنا في هذه الردهة اللعينة.

توتر الموظف المسكين ونهض فاردا قامته بعد ان دام انحنائه على قفل الباب فترة ليست بالقصيرة اصابت عضلات ظهره بالتيبس وقال في ضيق:

-انسة مريم انا ابذل قصارى جهدي حقا هذا هو المفتاح الاحتياطي الصحيح ويمكنك ان تري ان رقم الغرفة منقوش على راسه بوضوح ورغم ذلك فالمفتاح يرفض ان يدور في قفل الباب ورغم انني متأكد ان مستر سعيد لم يغادر الفندق وانه طلب بنفسه عدم ازعاجه الا ان الطرق على باب الغرفة

لم يسفر عن اي استجابة كما رأيت وفي الحقيقة انا لا اعرف ماذا افعل بالضبط مستر برنارد.

قال عبارته الاخيرة موجها الكلام الى الليث العجوز الذي توقف عن دورانه وكأنما اخرجته عبارة جيمي من غيبوبة عميقة فزفر قائلا:

- ان الوضع صار خطيرا اعتقد ان مستر سعيد في مشكلة.

تفادى نطق كلمة في خطر حتى لا يثير قلق وفضول الموظف وتابع قائلا:

- وعلى كلا لن يفيد وقوفنا هنا بلا داع كما ان ذلك قد يلفت انتباه النزلاء ويدفعهم الى التساؤل وديدن الناس الفضول كما تعلمين فلنجتمع في مكتبي بالأسفل لنرى ماذا سنفعل فلا أظننا سنستطيع اقتحام الباب بهذه البساطة.

قال جيمي في توتر:

- سيدي ربما اجلب بعض الرجال ونكسر الباب سيدي ولكن هذا سيصنع الكثير من الضوضاء.

وسكت دون ان يكمل وقد انتبه فجأة إلى عدم قانونية موقفهم رغم انه يدرك تماما ان سعيد لن يشكو فمما لا شك فيه ان سعيد هنا بأمر من مستر هيزارد ليؤدي مهمة بتكليف او تعاون مباشر منه اي انهم في نفس الفريق ولكن التوتر جعل

راسه يدور حول الاسباب التي دفعت المستر برنارد الى وقف كل شيء ومحاولة اقتحام الغرفة على سعيد هل خان سعيد مستر هيز ام ان سعيد فشل في مهمته وما هي هذه المهمة بالضبط !!

تحرك هيزارد في توتر دون ان يجيب الفتى متجها إلى مكتبه بالطابق الاراضي وخلفه كلا من مريم وجيمي وفي نفس اللحظة انفتح باب الغرفة رقم واحد وخرج منها ادوارد وسارة وكأنما بعثا من قلب الظلام لا يريان تقريبا من طول جلستهما بعيدا عن الضوء ولكن عندما استطاعا

تمييز ما حولهما بعد لحظات عرفا من الوجه الساخط لمستر هيزارد حجم المشكلة التي وقعا فيها.

******

تطاير اللعاب من فم برنارد وهو يصرخ في ثورة جعلت مريم ترتجف من الداخل وتتعجب انها استطاعت ترويض هذا الوحش والحصول على المعلومات بسهولة ، كان كلا من سارة وادوارد يقف في صمت مطرقا الرأس يتلقيان التعنيف عن امر غير محدد تماما فلم يصرح احداهما بما كانا يفعلاه في الظلام في غرفة خالية ولم يوجه لهم اتهاما محدد ولكن التصورات كثيرة وليس احداها بأفضل من الاخر ورغم ضغط مستر هيز ومحاولات سارة لتبرير او بالأصح لعدم تبرير وجودهما معا في الظلام الا انها في النهاية خفضت رأسها وهي تراقب ادوارد بطرف عينها في يأس وقد وقف جامدا بلا حراك تقريبا لم يفتح فمه بكلمة وكذلك وقف جيمي بالقرب من سارة يبحث في رأسه عن مخرج رغم الشكوك التي تعربد في صدره حتى زفر برنارد في ضيق وهو يلتقط انفاسه ثم سقط على مقعده منهك وهو ينظر اليهم شذرا ثم قال في غضب :

ـ حسنا انتما جلبتما هذا على انفسكما توجها الي قسم الموارد البشرية لإنهاء تعاقدكما طالما لا تريدان الكلام. كنت اتمنى ان تعطياني قصة مقبولة او منطقية فانا أكره ان تنهيا العمر الذي قضيتماه معنا يا ادوارد ويا سارة بفضيحة ولكن هكذا جنيت

على نفسك. سواء كانت سرقة او علاقة جنسية لا اريدكما في فندقي.

هم جيمي بالتحدث محاولا تغيير راي برنارد وهو يختلس النظر إلى سارة ولكن برنارد اخرسه بإشارة من يده وهو يشير بيده الثانية إلى ادوارد وسارة بالانصراف قبل ان يلتفت إلى جيمي قائلا:

- لا وقت لدي لهذا العبث احضر نجارا واثنين من الرجال الاشداء لاقتحام الغرفة رقم ثلاثة اريدهم بعد اقل من ساعة ان يفتحا الغرفة لابد ان ينتهي الامر اليوم.

تجمد كل من سارة وادوارد في اماكنهم وقد جحظت اعينهم عندما سمعا ما قاله برنارد وصدر صوت بدا كما لوكان قد صدر من تحت اسنان ادوارد او من مفصل باب الحجرة وان صعب التمييز فالتفت برنارد في استنكار إلى ادوارد قائلا:

- ماذا قلت ؟؟؟

عاد ادوارد يردد ما قاله في غل:

- كيف تجرؤ؟

- اجرؤ !! انه فندقي انا اجرؤ على اي شيء اريد هذا فندقي وسأديره كيفما اشاء هل تفهم؟

ولكن ادوارد كان قد بلغ نقطة اللاعودة بالفعل ارتفع صوته ونفرت عروقه حتى توقعت سارة ان يصاب بنوبة قلبية وهو يصرخ باندفاع ألف مدفع رشاش قائلا:

ـ انت أحمق، غبي مخبول، مختال بنفسك، هل تظن أنك المتحكم؟ هل تظن أنك تملك كل شيء الارزاق والعباد؟ حسنا ولكنك لا تملكها ولا تسيطر عليها، كيف تجرؤ على محاولة فتحها عنوة الا تعلم ما ينتظرك؟ ستموت بل ستموتون جميعا إذا تجرأ احدكم على تحدي الغرفة لن اسمح لك.

وفي الحظة التالية انقض على برنارد الذي تراجع بكرسيه في فزع قبل ان يمسك ادوارد بياقته مستطردا:

ـ لن اسمح لك هل تفهم؟ لقد اضعت عمري كله من اجل هذه اللحظة هل تفهم؟ هل تفهمون جميعا؟ لن يدخل أحد إلى الغرفة الملعونة.

وكما بدأت ثورته فجأة انهار فجأة ارضا وهو يبكي بصوت خفيض ثم رفع وجهه إلى برنارد وقال:

ـ ارجوك يا سيدي لا تفعل يجب ان اعود إليها، يجب ان أصلح كل شيء قبل ان أموت، ارجوك. دخولك الغرفة سيفسد كل شيء أرجوك.

اقتربت مريم من ادوارد الراكع على الارض وربتت على كتفه وحاولت تهدئته في حين انهمرت دموع سارة كالشلال وكأنها تشعر انها السبب في طرده قبل يوم واحد بل ليلة واحدة من نهاية رحلته العجيبة حاولت مريم ان تحمله على النهوض ولكنه تشبث بساق برنارد وهو يهتف في يأس:

- ارجوك انا يمكنني ان ادخل الغرفة لا تكسر الغرفة دعني ادخل الغرفة ولكن غدا ليس اليوم سأدخل الغرفة وحدي واعدك ان ينتهي كل شيء غدا ارجوك لا تقتحم الغرفة سيضيع كل شيء.

كان برنارد يحدق في وجه ادوارد في مزيج رهيب من الاستنكار والشفقة والغضب والدهشة مزيج عجيب ازدحمت فيه المشاعر واختلطت قبل ان تستقر في صدره مفجرة في صدره اسئلة بلا حدود وهو ينظر إلى ادوارد من هذه المسافة ويتفرس في وجهه لمده كافيه لتبين له تفاصيل ملامحه وكلما طال نظره تجمعت الاسئلة أكثر فأكثر حتى اتحدت جميعا في سؤال واحد عرف طريقه إلى لسانه في صعوبة وهو يهتف:

- من انت؟

******

ارتجفت يد ادوارد العجوز ونفرت عروقها وهو يمسك كوب الليمون بكلتا يديه ويرتجف بعدما أنهى قصته التي يقصها للمرة الثانية في ليلة واحدة وتطلع إلى الوجوه من حوله التي اتسعت فيها العيون وتدلت الافواه وتعالت التأوهات عندما اتى على الاحداث التي جرت له داخل الغرفة وختم قصته قائلا:

- وهكذا ترى يا سيدي انني اعلم ما اتكلم عنه واعرف بالضبط ما سأفعل فلي خبرة سابقة ولي هدف ورغبة صادقة لإكمال رحلتي الطويلة، غدا سأدخل الغرفة وحدي وغدا سأعود لزوجتي وستنتهي قصتي ولتفعلوا بعد ذلك ما تريدون.

- وانا لن اسمح لك.

جاءت العبارة الاخيرة من فم برنارد لتنفجر في قلب الغرفة جاذبا العيون كلها اليه وهو ينهض ويدور حول المكتب ويقف في مواجهة ادوارد وعلى وجهه تعبير غريب مزج الغضب بمشاعر اخرى مختلطة مبهمة فرفع ادوارد وجهه وقال من بين دموعه في توسل:

- ارجوك سيدي لا تحرمني فرصتي الأخيرة لم يعد في العمر بقية لانتظر ثلاثون عاما اخرى وماذا افعل عندها سأكون شيخا لا نفع منه ولا ضرر ارجوك انها النهاية.

اجاب برنارد بنفس الوجه الجامد:

ـ قلت لا .

اندفعت مريم في تلك اللحظة لتقف بجوار عم ادوارد بعد ان عجزت عن السكوت اذ استفزتها مشاعر وبكاء ادوارد حتى انها نسيت سعيد للحظة وهي تقول:

ـ بل سنفعل ما يريده عم ادوارد لا يمكن ان تكون رغبتك في المعرفة وسبر اغوار الغرفة أقوى من مشاعر هذا الرجل الطيب ورغبته في العودة إلى اسرته انا أضم صوتي ألي صوته إن كان هذا ممكنا .

اندفعت على الفور سارة وانضم اليها جيمي وقفا إلى جوار مريم حتى صار الأمر وكأنهم يعلنون العصيان او يكونوا جبهة ارتجاليه ضده إلى انه ظل على جموده دون ان تحيد عينيه عن وجه ادوارد المتغضن قبل ان يقول في بطأ:

ـ لا .

صرخت مريم في وجهه:

ـ ماذا تعني بلا؟ انه حقـ.... .

قاطعها برنارد بهدوء:

ـ انه ليس بحاجة لذلك .

تنفس بعمق ثم استطرد بهدوء:

ـ ان ما يبحث عنه في الماضي بين يديه وأكثر من ذلك .

كانت مريم اول من فهمت ما قال ففغرت فاها وافلتت عنها صيحة او صرخة خافتة كتمتها بيدها في حين تطلع ادوارد في وجهه بدهشة ثم ببطء بدأت ملامحه في الارتخاء وغزت ملامحه علامات الفهم قبل ان تتسع عيناه وتنفرج شفتاه المرتعشة عن صرخة صامتة ابتسم لها برنارد لأول مرة منذ وصوله الفندق وقال في هدوء:

ــ مرحبا أبي.

****

افاق سعيد من غيبوبته كمن يخرج من تحت مياه كاد يغرق فيها فشهق بقوة يعب من الهواء بقدر استطاعته وهو لا يكاد يصدق انه نجا من تلك المواجهة ، هدأ قليلا فأغلق عينيه وهلة يلهث في صمت واضعا يده فوق صدره، حاول استجماع قواه والنهوض ولكنه صرخ عندما رأى ذراعه اليمنى تتدلى بجواره بوضع مستحيل وقد افلتت من تلك المنشفة/الحمالة الارتجالية ، كانت بشعة تحسسها بيده اليسرى وضمها اليه في ألم لم يدرك وجوده إلا عندما وقعت عينيه عليها عدل وضعها قليلا واعاد المنشفة/الحمالة إلى مكانها ، كان جهد عنيفا جعله يتصبب عرقا فالألم لا يطاق بذراعه وجسده كله مرهق يئن وينبض بالألم يحتاج الى جبيرة بسرعة وطبيب والا لن يستعيد تلك الذراع.

استند على حافة فراش بجواره وجذب جسده لأعلى ببطء حتى وقف على قدميه واستند بوركه على قائم الفراش وهو يمسك بيده متطلعا لما حوله.

كان بوسط الغرفة حيث كان ممسكا بالرجل المشنوق بالطبع لم يكن متأكدا انه الضحية الاولى ولكن الضحية الثانية رجل وزوجته فلابد انه رأى الضحية الاولى الا إذا كان هناك ضحايا لم يذكروا في السجلات !!

جلس فوق الفراش كانت الغرفة غير مهندمة ولكن كما لو كانت على وشك التأثيث فقطع الاثاث الجديدة من حيث الاقتناء القديمة من حيث زمن التواجد تكومت في أحد الاركان كما يوجد كومه اخرى بالطرف الاخر من الغرفة تحتوي سجاد ومفروشات ووسائد وخلافه.

تنهد في استسلام وهو يهمس:

ـ ما زلت بعيدا عن زمني على ما اظن.

تناهى إلى مسامعه اصوات قادمة من الخارج اشبه بأصوات رجال وآلات وطرقات عديدة يبدوا ان هناك اصلاحات في المنزل.

كان كل ما يريده هو الاستلقاء على المرتبة العارية من الفرش على ذلك الفراش والظفر بعدة ساعات من النوم ولكنه كان يعلم ان ذلك مستحيل في الوقت الحالي فهو لا يعلم اين هو وفي اي زمن هذا ويجب ان يرتب افكاره جيدا ليعلم ما الخطوة التالية، يجب ان يعود ليده زمام الامور مرة اخرى إذا كان هذا قد حدث حقا، سفر في الزمن !!! هل هو يحلم ؟!!! كيف تمكنت الغرفة او أيا ما كان يسكنها من فعل هذا ؟!! هل يحلم ؟!! ولكن الالم الذي لا يتوقف في ذراعه انبئه بغباء الفكرة، ذفر في ضيق إذا هو في الماضي السؤال التالي هل

يستطيع تغيير شيئا مما حدث؟ لا لقد حاول من قبل وفشل، إما ان الاحداث حتمية الحدوث واما سيمنعه الكائن الجهنمي ولكن لو تغيرت الاحداث وقضى على الكيان فماذا سيحدث في المستقبل ؟؟ بالتأكيد لن يسافر إلى لندن ولن يقوم بكل هذه الرحلة إلى الماضي !!! إذا لن يقوم بتغيير الماضي والغرفة ستظل ملعونة ومن ثم يسافر الى لندن انها دائرة لعينة مستحيلة الكسر إذا غير الماضي فالماضي سيغير المستقبل ومن ثم الماضي سيعيد نفسه ويعود الحال كما كان !!!!!!!!!!! امسك بيسراه رأسه في ألم، إذا فليبقى في وضع المراقب حتى لا يدخل في تلك الدائرة ويسجن فيها للأبد ولكن ... يراقب ماذا؟

الغرفة خالية تماما من البشر والارواح هل يبقى في مكانه؟ هل يحاول الخروج وإذا خرج فقد تصعب العودة ومن ثم العودة إلى زمنه!

ماذا لو دخل أحد الغرفة الان كيف سيبرر هذا التسلل ؟!! كسف سيبرر موقفه ؟؟

فكر قليلا ثم تنهد يجب الالتزام بمكانه، الخروج مخاطرة كبيرة قد تفقده طريق العودة إلى زمانه ولكن فليحذر من ان ينكشف.

يبدو ان الزمام سيبقى في يد الغرفة لفترة اطول مما يأمل فكل ما عليه الأن هو الانتظار للخطوة التالية من تحطيم الغرفة له، خطوة اخرى ولن يبقى منه ما يكفي لتلهو به الغرفة الملعونة.

سمع الضوضاء تقترب من نافذة الغرفة فأجفل هناك من يقف بجوار نافذة غرفته نهض بسرعة وتوارى عن نظره بجوار الجدار ملصقا ظهره به كاتما أنفاساً كادت تفلت من شفتيه، عاملا شابا يحمل في يده فرشاة دهان يدهن بها الجدار من الخارج وقد وقف فوق سقالة تتدلى من سطح الفندق بجواره دلوا للطلاء وُضع بجوار قدمه ولم يبد انه شعر بوجود سعيد بعد.

كمِّنْ سعيد في مكانه محاذر ان يصدر عنه أدنى صوت خاصة ان النافذة مفتوحة وبلا زجاج اي انه كان يقف وبينه وبين الرجل ٥٠سم لا غير بلا اي حواجز.

حاول سعيد ان ينظر إلى الخارج خلسة فرأى عمالاً كثيرون ومؤن واخشاب يبدوا ان اعمال ترميم تجرى للفندق على قدما وساق وفي وسط العمال وقف رجل غليظ الملامح يأمر هذا ويسب هذا والكل يجرى امامه ينفذون اوامره في ذعر كان الرجل على السقالة كثير الحركة كثير الكلام وهو شيء خطر

عدما تقف على لوح من الخشب معلق بحبلين طويلين ويبدو ان غليظ الملامح لم يكن راضيا عن اداءه تماماً.

وقف سعيد يراقب غليظ الملامح وهو يصرخ على العامل لم يفهم معظم الحديث فاللغة قديمة تختلف كثيرا عن اللغة اليوم كما تختلف لغة اليوم عن لغة الشارع الدارجة ولكن فهم ان اللون المطلوب غير صحيح ، فيما يبدو ان الالوان يتم تخليطها يدويا ولم يكن العامل قد حصل على اللون الصحيح في نظره في حين يصر العامل انه اقرب لون للمطلوب ولا يمكن فعل المزيد ، عامل مصاب بفرط الحركة كان لابد ان يضع قدمه في الدلو بجواره ومن ثم اختل توازنه دفعة واحدة وسط صياح العمال وبدون ان يشعر سعيد اندفع للأمام محاولا انقاذ الرجل الذي مد يده في نفس اللحظة محاولا الامساك بالنافذة ولكن يده تجمدت في الهواء عندما وقع بصره على وجه سعيد وصرخ في فزع :

- مستحيل لا يمكن ان ...

لم يكمل جملته وجسده يسقط من اعلى وسعيد يمط جسده خارج النافذة محاولا انقاذه بلا جدوى لم تكن المسافة كبيرة فهو في الدور الثاني او الاول علوي إذا شئنا الدقة ولكن أسفل النافدة كان هناك الكثير من الاحجار ومواد البناء التي لا تبشر

بسقطة امنة ابداً، وبدون تفكير مغامراً بفضح موقفه اندفع سعيد ففتح باب الغرفة وأسرع يعدوا في طرقات المكان حتى وصل إلى باب المنزل وفتحه واندفع إلى الخارج ليعرف في اللحظة التالية على صوت انغلاق الباب خلفه انه قد وقع في الفخ.

تجمد في مكانه والدموع تترقرق في عينه لقد فقد طريق العودة للأبد فأمام عينه لم يكن ثمة عمال او اعمال بناء لا وجود للسقالات ومواد البناء لقد اختفى كل شيء انه ليس حتى في الصباح فالقمر الذي انار امامه حديقة بسيطة انيقة أخبره انه في الليل، كان هناك عدة مصابيح منتشرة على السور الكبير وبوابة حديدية ضخمة بجوارها غرفة صغيرة تضم حارس المنزل التفت خلفه ينظر إلى القصر الانيق الذي تملأ واجهته زخارف وتماثيل انيقة لفتيات في اوضاع مختلفة يحملن اركان المظلة الحجرية التي تظلل المدخل.

منزل او قصر جميل لاحد النبلاء وبدون مجهود يذكر عرف اين هو وفي اي زمن وزحفت القشعريرة على ظهره وعيناه تتسع مع ادراكاه للوضع.

انه في الخارج وقد فقد طريق العودة فالمنزل كما يبدوا مسكون فبأي منطق سيطلب من رب الدار ان يبيت في حجرة

ابنته لهذه الليلة ؟!!! نعم كما خمنت انت انه زمن ماريانا والحجرة كما رأى من قبل هي حجرة نومها!

وهو بالخارج ...

مصاب يكاد لا يقوى على الوقوف.

في بلد بعيد عن بلده

في زمن بعيد عن زمنه

بلا هوية او مال.

في اسوء زمن ممكن.

زمن الطاعون ....

****

ما تلا تصريح برنارد الذي ضرب اركان الغرفة واصاب كل من فيها بالذهول وعدم التصديق كان مملا ...

لا اشكو بالطبع من المشهد المؤثر لإدوارد وهو يهتز كذيل افعى الجرس متحسسا وجه ابنه قبل ان يحتضنه وهو يبكي ولا الجلسة الطويلة التي قص عليه فيها برنارد ما تلا وخفي عنه من احداث اختفاءه الغامض وان الجريمة التي هرب بسببها وظلت تؤرقه لأعوام تحولت من القتل الى الضرب المبرح بل وان امه سامحته على ذلك وظلت لسنوات تبحث عنه ... حسنا كل هذ مفهوم وغير منطقي لحد مبالغ فيه ولكني كنت في شدة الشوق لمعرفة ما سيحدث تاليا ؟؟!!

انا سارة بارتون وانا مجرد طرف واهي في هذه القصة يمكنك حذفه ولن تلحظ تغيرا في الاحداث ... اعمل في هذا الفندق منذ اعوام او شهور لا أدرى لقد كففت عن عد الايام منذ وصولي لهذا الفندق، عملي الرسمي هو تنظيف وتغيير فرش الغرف ولكن كما هي الحال دائما أجد نفسي احيانا في غرفة الغسيل او المطبخ ولولا بنيتي الضعيفة لأمروني بحمل الحقائب او العناية بالحديقة !!

أحب عملي جدا والسبب بسيط.

اذكر لي عملا واحدا يحق لك فيه دخول ادق الاماكن واكثرها خصوصية عند الناس

يتيح لك دخول قدس اقداسهم

انا بلا فخر اتجول بين غرف نومهم وحماماتهم

اعرف اغرب الاسرار وأدق المعلومات وانال أسخى بقشيش على ذلك.

وللحق انا فضولية جدا

نعم انا أحب عملي لأنه يتيح لي اشباع هذه الرغبة المتوحشة التي تسمى الفضول

اري رجل مع امرأة اعرف يقينا انها ليست زوجته أو امرأة تبكي بلا سبب وهذه الفتاة التي تقيم وحيدة ماذا عن هذا القس الذي لا يخرج من غرفته الا لمم.

عندما ارى مثل هؤلاء أتحرق شوقا واجلس فعليا على الجمر حتى ادخل غرفهم واعرف الاسرار الخفية ابحث بعيني هنا وهناك اتباطأ قليلا في الحمام وصل بي الامر احيانا لتفتيش القمامة بحثا عن خطاب ممزق ألقته احداهن!

وكلنا يعرف المثل القائل الفضول قتل القط

أنتم تعرفون الاحداث التي مرت فلا داعي للإطالة عليكم حتى هذه اللحظة لم أكن اصدق ما رواه ادوارد علي في الظلام

ولكني لم اندهش عندما القى مستر برنارد بتصريحه في هذه اللحظة كان ما يملأ راسي سؤالا واحدا لطالما شغل عقلي وفكري !!

ماذا يحدث الان في هذه الغرفة المغلقة ؟؟؟

طالما كان هذا السؤال هو السؤال الاهم والاكثر تشويقا واثارة حول اي غرفة دخلتها من قبل، فهل تظنون بعد ما سمعت وعرفت ان أقف ساكنة امام هذه الغرفة !!!!

دعك من النداء الغامض الذي يدعوني ان اتحرك.

ان اذهب الى هناك.

انا اهب نفسي لهذا السر وامنح حياتي لهذه المعرفة ...

وانا غير مؤمنة ... نعم لا اخجل من ذلك فانا لا أؤمن بوجود الله ولا الشياطين فلا شيطان اقوى من الانسان واسألوا في ذلك زوج امي فهو يعرف عن هذا الكثير.

لذلك لم أكن خائفة ... حتما ما حدث له تفسير علمي ما لا اعرفه ولكنه موجود.

بعد موازي، تشوهات زمكانية، رجال من الفضاء، تكنولوجيا غريبة، اي شيء ولكن من فضلك لا تخبرني بضمير مستريح ان الشيطان سكن الغرفة.

هذا هراء ...!

وهؤلاء القوم لن يتحركوا ولو تحركوا لن يشركوني معهم وسوف اموت كمدا دون ان اعرف دون ان ارى دون ان يرتوي فضولي

لذلك تحركت ....

كان الجميع منشغل بالقصة المأساوية بين الاب وابنه ولم يكن أحد يعيرني انتباها انسحبت في هدوء وخرجت من باب المكتب ولم اغلق الباب خلفي حتى لا يصدر صوتاً فينتبه أحد لخروجي ان الباب يمكن السيطرة عليه عند فتحه ولكنه يصدر اصوات غير مستحبة عند غلقه وما ان خرجت من الغرفة حتى اسرعت الى الحديقة المحيطة بالفندق ودرت حول المبنى ثم سقطت على ركبتي من الفرحة.

فأمام عيني استلقى سلم نقال حديدي بارتفاع ٤امتار استخدمه أحد عمال تركيب التليفونات لإصلاح الخط الارضي للفندق وتركه منذ يومان ليحضر بعض قطع الغيار والاسلاك وكان أملى الوحيد الا يكون قد استعاده بعد، وها هو ذا مستلقي على جانبه بجوار بعض الادوات والعدد ولا أحد حولي تماما.

استرجعت خطتي في رأسي بسرعة، الغرفة في الطابق الثاني ارتفاع نافذتها تقريبا ٣ أمتار ان كنت محظوظة سأجد الزجاج كسر مع باقي المحتويات التي سمعتها تكسر وان لم يكن

سأقوم بالواجب والحقه بالخسائر ومن اجل هذا الاحتمال دسست مطرقة متوسطة في حزامي من العدد الملقاة بجوار السلم تصلح كذلك كسلاح ان حدث مالا تحمد عقباه وامسكت السلم وهوب ... لم يتحرك اللعين من مكانه ... هوب ... ولا أنملة. !!

وقفت ألهث في ضيق، لن اعود لأطلب المساعدة، هيهات ان يدعوني اصحبهم.

ظللت أفكر طويلا دون جدوى لا أستطيع ان استدعى أحد المارين او النزلاء لمساعدتي فمكان السلم بالفعل خلف المبنى يجب ان انقله امام المبنى وبسرعة قبل ان ينفض الاجتماع ويلحظ أحد ما افعله ولكن مكاني بعيد عن اعين المارين ولهذا السبب بالذات وضع السلم هنا.

فماذا افعل ؟؟؟

وقبل ان اشرع في البكاء معلنة يأسي جاء الحل على صورة يد ربتت على كتفي بهدوء ولسان يسأل عن حالي.

لو كنت أؤمن بالله لشكرته على نعمة الانوثة وانا أقف امام جيمي، الوحيد الذي انتبه الى حركتي وتبعني إلى هنا ربما لأني ــ ويالا فرحتي ــ لم أفقد اهتمامه في أي لحظة.

حسنا اعرف انه يحبني لا جديد هناك ربما بظروف اخرى لربما احببته ولكن في ظروفه وظروفي هو فقط غير مناسب، ولكن في هذه اللحظة كنت مستعدة لأن اقبل! بل ان أقدم اي شيء واتنازل عن أي شيء ليقبل مساعدتي !!

فهل يقبل لو عرف ما انا مقبلة عليه !!!!!!!!!!!!

****

الحياة ليست استعراض قوة وليست المال فقط، أؤمن بذلك ربما لأبرر لنفسي ضعفي وقلة مالي وربما لأنها الحقيقة ولكني اعرف شيئا واحد انا أقوي بقدر ما اسعى بلا كلل وثري بقدر ما استغني وهذه حقيقتي.

شيء واحد هزم كل قناعاتي تلك.

سارة !!

انا جيمس جيفرسون موظف استقبال بفندق (..) وانا لا اعرف اي شيء عن موضوع الغرفة فلا داعي لللجاج والالحاح من فضلك الحقيقة ان كل ما اعرفه عن الغرفة هو ان السيد برنارد مالك الفندق أمرني بعدم تسكين اي نزيل بها واستمر الامر على هذا الحال وانا لم اسأل! ثم عاد وامرني ان اسكن هذا العربي بها ولم اسأل! وامرني بعدم ازعاجه وتنفيذ ما يطلبه على الفور ولم أسأل! كانت الاصوات والصراخ ينبعث

من الغرفة خافتا بسبب سمك الجدران، صراخ واصوات وضحكات ينتصب لها شعر رأسك ولكني لم أسأل!

ولكن سارة سألت !!

سارة!

فاتنتي ... ساحرتي ... مليكتي.

منذ رأيتها ورأيت اولى خطواتها في بهو الفندق فتنت بها ومن لا يفعل ؟؟! ولكني خجول بعض الشيء او كل شيء لا أدري، امامها كل الكلمات هباء وكل الآهات فواق ليس إلا.

لذلك عندما رأيت سارة مع ادوارد يخرجان من قلب الظلام من غرفة مفترض انها خالية من النزلاء لم يكن لدي تفسير أخر !!. سارة على علاقة بإدوارد!! لا اعلم هل ترى فيه العاطفة الابوية الذي فقدتها في صغرها ام ان لها اغراض اخرى ولم أسأل!، ولكني تمنيت لو فعلت !!

هي بلد حرة وكل انسان من حقه ان يفعل ما يشاء وإذا كنت لم اتخذ خطوة واحدة نحوها فلا داعي ان ادعي ان انها ملكي.

ولكن ...

لماذا اشعر بهذه الطعنة في صدري؟؟! هيا لم تفضله عليا فأنا لم أكن موجودا من الاساس!! انا لم اطرق باب قلبها ابدا!

كل التنازلات والمساعدات والتلميحات لم تمنحني مكانا هناك في قلبها كل الكلمات والاشعار والخطابات التي القيتها خفية في طريقها لم تقربني منها.

شعور رهيب جعلني أقف في مكتب مستر هنري لا اعي ما يدور حاولت التدخل حتى تبقى سارة بجواري ولكن مستر برنارد اوقفني ثم اتضح ان مستر برنارد قريب بشكل ما لإدوارد -اسف فاتني هذا الجزء -وبكاء واحضان ثم تلك القصة الغريبة عن الغرفة الملعونة والخ....

مالي انا وكل هذا ؟!!

انا هنا فقط من اجلها وكل ما فهمته انه لا أحد سيطرد وقد أثلج هذا صدري كثيرا وأن سارة لا تعشق ادوارد وهذا جعل الكلام بعده هباء كما ذكرت من قبل فأنا دؤوب لا اكف عن المحاولة وكنت استحق فرصة ثانية مع سارة ولقد منحها القدر الي، ما حدث هو تنبيه لي الا أفقدها ثانية يجب ان اتخذ خطوتي التالية بسرعة.

وفي اللحظة التي رأيت سارة تخرج من مكتب مستر برنارد عرفت انها ستقدم على شيء ما، وقررت ان اكون شريكا فيه أيا كانت الجريمة التي ستفعلها.

****

ربت جيمي على كتف سارة بهدوء وهي جالسة على ارض الحديقة الخلفية فأجفلت ثم هدأت قليلا عندما ميزت وجهه حسنا ليس من تخشى وجوده فكرت قليلا ثم سألته همسا:

- ماذا تفعل هنا ؟؟؟؟

- نفس ما تفعلين أيا كان، السؤال هو ماذا تفعلين انت هنا؟؟

نظرت في وجهه طويلا فمنحها ابتسامة مطمئنة تقول (انا في صفك يا حمقاء) فردت عليه بابتسامة امتنان قبل ان تتجمد ملامحها قليلا وهي تهمس في تصميم:

- سأدخل الغرفة

ارتد جيمي للخلف قليلا ثم همس:

- لماذا؟

- لابد ان افهم

- تعلمين ان هذا خطر

- اعلم

- سآتي معك

شردت في وجهه قليلا قبل ان تسأله:

- ولماذا؟

تجمدت الكلمة على لسانه، منذ لحظة واحدة ظن ان باستطاعته قولها ولكن الكلمة اللعينة ابت ان تخرج نهض وهو يهمس:

- لأنك تحتاجينني

اقسمت سارة في نفسها ان هذه العبارة كانت اروع عبارة حب سمعتها منذ مولدها نعم هي تحتاجه وهو دائما موجود عندما تحتاجه انه ملاكها الحارس فقط لو كانت الظروف غير الظروف لو كان أكثر قوة وأكثر ثراءً نهضت ونفضت ملابسها واشارت الى السلم هامسة دون شكر:

- إذا كنا سندخل فالسبيل المتاح هو النافذة وهذه وسيلتنا هل تستطيع حمله ووضعه اسفلها ؟؟

ودون مقدمات تقدم جيمي فرفع طرف السلم ودخل اسفله ليرفعه على ظهره عدل وضعه حتى تأكد من توازن السلم ثم همس:

- هيا بنا

كان السلم ثقيلا يحتاج رجلين لحمله ولكن جيمي تحامل حتى لا يبدوا ضعيفا في عينيها وسار بحمله جوارها في هدوء وهي تتلفت يمينا ويسارا.

كانت الساعة تجاوزت الثانية عشر وخلد معظم النزلاء للنوم في اسرتهم والباقون لن يعودوا من سهرتهم الأن لذلك كانت الحديقة الامامية خالية تماما من الاحياء.

اقتربا في بطأ من النافذة وساعدته ليريح السلم أسفل النافذة ـ بهدوء ... بهدوء لا نريد ازعاج السيد سعيد لو كان لا يزال مستيقظا فقط سنلقي نظرة وسنعود دون أن يلحظ أحد.

ـ أتظنينه مازال بالداخل ؟؟ فلماذا يغلق الباب على نفسه إذا؟ لو كان بالداخل فلا اظنه بخير.

ـ لا يهم فقط احذر لا اريد ان اتعثر في جثتك وانا اقفز إلى الغرفة

توالت تعليماتها اليه كقائد عسكري يدير معركة النصر سيصعد هو اولا ومن ثم ناولته المطرقة علها تكون سلاحا فعالا في وجه أيا كان ما في الداخل.

اشارت اليه بتحذير مصوبة سبابتها إلى وجهه قائلة:

ـ نحن نتسلل لنرى فلا تستخدم المطرقة إذا رأيت احدا بالغرفة عُد على الفور ولا تضرب بها ـ ان اضررت ـ ضربات قاتلة عامة تجنب الرأس وأحدث اقل قدر من الضوضاء.

سينظر من النافذة فإذا كان المكان امنا سيشير لها لتتبعه.

ــ لماذا لا تصعدين معي ؟؟

ــ يجب ان يبقى أحدنا للمراقبة لا نريد ان يقبض علينا سوف نتهم بالسرقة او ما هو اسوء.

اومأ موافقا في تردد ثم استجمع شجاعته وحط بأولى خطواته على السلم وبدأ يصعد

وأضيئت الانوار في الغرفة.

****

"ما هذا الهراء الذي تتحدثون به ؟؟"

هتفت مريم بهذه العبارة في سخط امام كلا من برنارد وادوارد الذي جلس ساهما وكأنه قد غادر عالم الاحياء بغير رجعة فانبرى برنارد في شرح الامر محاولا امتصاص غضبها:

- انسة مريم لا يوجد اي دليل على حياة سعيد فلا اصوات ولا اضواء تنبعث من الغرفة ونحن في الساعات الاولى من يوم الثالث عشر وانت تعلمين جيد انه لا أحد ينجوا من الغرفة في هذا اليوم فالأرجح انه قد هلك ولا ارى اي سبب يدعونا للدخول وتعريض أنفسنا للهلاك من اجل احتمال واه انه مازال حيا فضلا وانت تعرفين هذا دخول الغرفة ليس بالأمر الهين ارجوك ان تفهـ....

قاطعته مريم بحدة قائلة:

- ماذا تريدني ان افهم لقد حصلت على مرادك وصار والدك بجوارك فليمت من يمت ويعيش من يعيش لم يعد الامر يهمك اليس كذلك ؟؟

- انسة مريم حاولي ان تفهمي الامر ليس كذلك

- افهم انت يا سيدي سأنقذ سعيد حتى لو كان هذا اخر عمل اقوم به في حياتي، ما أدراك انه قد مات ؟؟ ابيك لم يمت

ونحن لا نعلم اي شيء عمن اختفوا في الداخل ربما انتقلوا هم ايضا في الزمن كما حدث لوالدك وربما هم حولنا ونحن لا ندري.

- وما يدريك انت أنك ستسيرين على نفس دربهم او تستطيعين اعادتهم إذا وجدتيهم كل ما سيحدث اننا سنضيف اسما جديدا إلى قائمة المفقودين لقد تم حل اللغز بالفعل فالغرفة اشبه ببوابة زمنية أيا كان سببها وطالما تم حل الامر فمهمتكم انتهت ولم تعد خدماتكم مطلوبة.

اقتربت بوجهها منه ببطء وهي تقول في توحش جعله يتراجع الى الخلف في رهبة:

- سأدخل الغرفة وسأنقذ سعيد وخيرا لك ألا توقفني.

زفر برنارد وسكت قليلا ثم قال:

- ان الساعة تجاوزت الثانية عشر ونحن فعليا في يوم الثالث عشر ان كنتي ستمضين في هذا الامر فسيكون على مسئوليتك الخاصة وستوقعين على هذا لا انا ولا فندقي سنكون مسئولين عن ذلك.

- حسنا سأوقع انا مريم حسين اقر بأني دخلت إحدى غرف فندق السيد برنارد على مسئولتي الخاصة ... هل انت أحمق يا هذا؟ لا أحد سيصدق ما تقول !!

- انسة مريم أرجوك لا داعي للمخاطرة بحياتك عبثا سعيد قد رحل ان الغرفة او ما يسكنها لم تتصرف بهذا التوحش من قبل ولا اظن ان أحد سينجو منها أرجوك افهمي.

- بل افهم انت سيد برنارد في تاريخ الغرفة وكل حوادثها فتحت الغرفة في نفس اليوم بعد انتهاء الحدث لنجد الفراغ بالداخل وما دام الباب لم يفتح حتى الان فهذا دليل ان سعيد حيا يرزق الامر لم ينتهي بعد.

- سعيد قد مات ... حتى لو كان حيا حتى الان فلقد مات منذ دخوله الغرفة مات ... هل تفهمين ؟؟؟

******

ما ان وضع جيمي قدميه على اول درجات السلم الطويل حتى اضيئت الغرفة بالأنوار مما جعل سارة تجذبه ليقف بجوارها وهي تثبت عينيها على النافذة المضيئة قائله:

- انه هناك !!

- حي ومستيقظ !!

اجابها جيمي مدهوشا وهو يراقب النافذة في وجل وترقب ثم التفت الى سارة قائلا:

- ماذا سنفعل

- هل تظن انه سمعنا ونحن نضع السلم

- يجب ان نخفي هذا السلم حالا

- لا .... سننتظر ولكن اختبئ حتى لا يرانا

اسرعت تختبئ وراء بعض الشجيرات في حين توارى هو قرب المدخل خلف أحد الزوايا تحسبا ان ينظر سعيد من النافذة ولكن مرت الدقائق طويلة ولم تفتح النافذة فخرجت سارة من مخبأها واشارت لجيمي ان يخرج من مخبأه ثم وبدون تردد نزعت المطرقة من حزامه وبدأت الصعود فهتف جيمي:

- ماذا تفعلين؟؟ هل جننت انتظري قليلا ...

وأسرع خلفها يصعد الدرج وامسك ساعدها بقوة وهو يهمس بغضب:

- سنطرد بفعلتك هذه ... تراجعي.

- يمكننا ان ننظر دون ان يشعر ... نظرة واحدة واعود ... ارجوك ... الم تقل إنك معي ... ارجوك.

نظر جيمي الى عينيها وهي تستعطفه وبدون ان يشعر تراخت اصابعه على يدها فجذبت يدها واسرعت تواصل الصعود فهتف هامسا:

- لقد انطفأ النور

نظرت لأعلى ثم لجيمي وهي تقول:

- ربما نام، هذا أفضل.

وقفا للحظات على السلم في تردد فقال جيمي:

- لن تري شيئا في الظلام.

ولكن سارة عاودت الصعود في اصرار وتبعها جيمي في يأس حتى وضعت اناملها على أطراف النافذة ... بحذر مدت عنقها كحيوان الميركات وأطلت بداخل الغرفة ولكنها لم ترى شيئا فقط الظلام الدامس ظلام لا ترى معه كف يدك وانت تلصقه بأنفك صعدت درجة اخرى وهي تمعن النظر قبل ان

تتحسس النافذة في يأس وما ان مست اناملها النافذة حتى سحبتها وهي تشهق في فزع فهمس جيمي اسفلها:

ـ ماذا هناك ؟؟ هل رأيت شيئا ؟؟

ـ لا لم ارى شيئا ولكن النافذة باردة جدا.

ـ ماذا ؟؟ ... حسنا حاولي فتح النافذة بهدوء.

مدت طرف المطرقة الخلفي المبطط أسفل إطار النافذة وضغطت بكل قوتها ولكن لم يحدث شيئا فنظرت لجيمي بغيظ وهتفت:

ـ كان يجب ان تصعد انت.

ـ وانت كان يجب ان تراقبي الطريق انت من أفسد الخطة.

اعطته المطرقة وهي تقول:

ـ لم يفسد شيئا اصعد وتجاوزني ...

وتعلقت بيد وساق في السلم وادارت جسدها للخارج ليصعد جيمي وما ان جاوزها حتى عادت بجسدها لتلتصق بظهره متعلقة بكتفه فابتسم جيمي في نفسه داعيا الله ان يطول الامر.

دس جيمي المطرقة بين ضلفتي النافذة وضغط برفق اولا ثم زاد الضغط حتى القى بكل ثقله ولكن النافذة لم يبدو عليها انها شعرت بما يحدث فهمست سارة في حنق:

ـ يا لك من ضعيف ...

مست عبارتها كبرياءه امامها فعاود الضغط أكثر وأكثر مغيرا من زوايا جسده في حين ارتفع من خلف اذنه زفرات الحنق من فم سارة حتى ضاقت نفسه وبلغ يأسه اقصاه فارجع زراعه لأقصى ما يستطيع وسارة تهتف:

- لا تفعل !!!!!!!

ولكن سبق السيف العزل، هوى جيمي بالمطرقة على زجاج النافذة مستدعيا كل قوته وغضبه وحنقه وضيقه في ضربة واحدة حاسمة و ....

طارت المطرقة من يده الى داخل الغرفة دون ان تصطدم بشيء على الاطلاق !!

جفل جيمي للحظة ثم مد يده يتحسس ما كان مفترضا انه زجاج ولكن لم يكن ثمة شيء وغاصت يده في ظلام غريب ابتلع يده وكأنه ضباب اسود فسحب يده بسرعة ونظر إلى سارة اسفله فقالت تستحثه على الكلام وقد نفذ صبرها:

- ماذا حدث ؟؟ لم اسمع تهشم الزجاج !! أنجحت في فتح النافذة ؟؟

- لا شيء !! لا يوجد زجاج !! يبدوا انه تهشم ضمن ما تهشم ولكن ...

ـ ولكن ماذا ؟؟ يا لك من ابله أكنت تفتح نافذة مفتوحة بالفعل كل هذا الوقت واين المطرقة ؟؟

ـ فقدتها بالداخل طارت من يدي لقد كنت اعالج إطار النافذة لم انتبه ان الزجاج غير موجود الظلام دامس بالداخل.

ثم تذكر شيئا فقال في غيظ:

ـ انت ايضا لم تنتبهي إلى ذلك لقد حاولت قبلي.

زفرت في ضيق ودفعت ساقه قائلة:

ـ اصعد لا وقت لهذا لا يجب ان نبقى طويلا هنا.

عاد بنظره إلى الفجوة السوداء القاتمة ثم همس في حيرة:

ـ هذا الظلام غريب حقا لا اكاد ارى يدي إذا مددتها بداخله ثم انه ...

ـ ماذا ؟؟

هتفت سارة في ضيق ونفاذ صبر فقال في خوف:

ـ انا اشعر به على يدي ان له ملمس كما لو ان يدي تغوص في زغب قطة صغيرة، ناعم وغير متماسك، لا افهم كيف يكون للظلام ملمس ؟؟

ـ اما انا فلا افهم كيف طورت معك ألا تدخل بحق السماء ام سنظل هنا ابد الدهر

ـ حسنا سأدخل.

سحب نفسا عميقا ثم دفع يده في الظلام يبحث عن شيئا يستند عليه غريب امر هذا الظلام انه لا يرى يده على الاطلاق ارتقى درجة اخرى في السلم ودفع بجسده داخل الإطار حتى صار جذعه بالكامل داخل الغرفة فقال لسارة:

- لا ارى شيئا على الاطلاق كما لو كف نظري فجأة

- ادخل عليك اللعنة

فقفز في وثبة واحدة واختفي داخل النافذة فصعدت خلفه سارة ولكنها ترددت لحظة فنادته هامسة:

- جيمي هل انت بخير ؟؟ ماذا وجدت ؟؟

اجابها الصمت فنفضت رأسها تطرد خوفها ثم مدت يدها تخترق الظلام، حقا ان له ملمس ناعم كالحرير على بشرتها دفعت يدها أكثر تحاول تبين طريقها وفجأة قبضت يد قوية على معصمها وجذبتها بعنف فصرخت صرخة مكتومة اختفت في الظلام مع كيانها كله وساد الهدوء المكان وفي بطأ تكاثف غبار خفيف امام النافذة زادت كثافته بسرعة مخفيا النافذة عن الانظار وما ان اتضحت الرؤية حتى صار موضع النافذة جدار مصمت واختفت النافذة تماما ومعها جيمي وسارة، بلا أثر

******

******

البرد ... البرد.

ارتعد جسد سعيد وصار عاجزا حقا عن ايقاف ارتجافه او تخفيف الالم المتصاعد من اصاباته.

كان يجلس بجوار سور الفيلا بعد ان نجح بمعجزة من عبور السور في جزء منخفض منه فلم يكن يريد ان يبقى حتى يراه الحارس ولكن ما ان خرج حتى جلس على الارض يئن في صمت محاولا ترتيب افكاره.

اولا: يجب ان يجد طبيبا

ثانيا: يجب ان يصنع جبيرة لهذه الذراع حتى يجد طبيبا

ثالثا: يجب ان يضع خطة لدخول المنزل اليوم فأن فات اليوم سيبقى حبيس هذا الزمن ربما للأبد !!

نهض بصعوبة وهو يرتجف كقط مبتل وسار يسعى بين الحقول يبحث عن شيء يصلح كجبيرة حتى وجد قطعتين من الخشب غلف بهما جانبي ذراعه محاولا ضبط وضعه ثم ثبتهما بلف المنشفة وربطها بقوة وعلق الذراع برقبته بخرقة انتزعها من المنشفة ثم جلس يلهث كان الجهد الذي بذله عنيف شديد الالم بالنسبة لحالة جسده فشعر انه وعيه يغيب عنه رويدا رويدا حاول النهوض مستكملا سعيه لكنه سقط مرة اخرى مغشيا عليه وسط الحقول.

بلا امل في العودة.

*****

ساد الصمت داخل حجرة مكتب برنارد بعد عبارة برنارد حتى رفع رأسه قائلا:

- اعتذر انسة مريم لم اقصد ما قلته ولكن يبدو انه لا سبيل لدخول الغرفة أيا كان ما يسكن هذا الحجرة فهو مصر الا يقاطعه أحد هذه المرة بالتحديد كأنه ظفر بما يريد من زمن طويل فما الذي تخفيه عني حقا؟؟ لماذا يحدث هذا؟؟ .

هزت مريم راسها وهيا تعبث بقلم وجدته على المكتب قائلة:

- ليس هناك وقت لهذا الهراء انا سأدخل الغرفة وحدي ولكن يجب ان اكون على اتصال بكم لتعرفوا ما يدور بالداخل وتتدخلوا عند الحاجة احتاج بعض الاشياء من حقيبة سفري ثم نبدأ على بركة الله.

نظر اليها برنارد وادوارد في دهشة ثم قال ادوارد:

- لا افهم كيف تنوين الدخول حقا وماذا ستفعلين في الداخل حتى لو نجحت.

استمرت مريم ترسم في قطعة من ورق الملاحظات وهي تقوب شاردة:

- افهم افهم ... سأدخل لدي وسيلة ولكن يجب ان تحاولوا منع الباب من الانغلاق عند فتحه سأترك لكم هذه المهمة، سأكون مشغولة اعتقد.

انفجر برنارد قائلا في عصبية:

ـ انسة مريم هل تشرحين لنا قبل ان توزعي المهام علينا ما يدور في ذهنك العبقري هذا، كيف ستدخلين الغرفة؟؟

تجاهلت مريم سؤاله قائلة:

ـ اريد منك البحث سيد برنارد عن الرجل الذي انجبت منه مريانا اجمع ما تستطيع من معلومات عنه فهو مفتاح الحل لجميع الطلاسم.

نهض برنارد في غل:

ـ كيف ستدخلين الغرفة؟ اللعنة هل اصابك الجنون؟

نهضت مريم هي الاخرى وهي تتطلع الى الوريقة التي تحملها بيدها:

ـ اظن أني اعلم كيفية الدخول ولن تصدق كيف علمت بها!!

ثم قدمت له الورقة وهي تكمل:

ـ لقد رايتها في حلم.

نظر الاثنين اليها في دهشة ثم انتقلت ابصارهما بسرعة إلى الورقة في دهشة أكبر وسئل مستر هيز مريم:

ـ ما هذا ؟؟

مريم:

- المفتاح لدخول الغرفة سيد برنارد، أخبرني به الكيان الذي يسيطر على المكان، يبدوا انه يريدني بالداخل، فأرشدني لطريقة الدخول في حلم زارني فيه بنفسه.

نظر الجميع اليها في شك فقالت:

- ما الذي سنخسره من المحاولة انا سأدخل وعليكم تأمين خروجي فقط، لدينا ثلاث عقول هنا فلنفكر في حلول.

نظر برنارد إلى الورقة التي رسم عليه النقوش والدائرة التي رسمتها دماء مريم في الكابوس على باب الغرفة وفتحت الغرفة على أثرها ولكنه لم يفهم شيئا فالقاها امام مريم قائلا:

- افعلي ما تريدين انا لن امنعك ولكن لو لم تخرجي لن اسعى ورائك وسأهدم هذا الفندق فأنا لم تعد لي حاجة فيه.

مريم:

- أقدر ذلك ولكن ارجو منك ان تجمع المعلومات التي طلبتها منك انت الوحيد الذي يستطيع ذلك وربما تجد في الامر مفاجأة تهمك.

برنارد:

- لقد حصلت على ما اريد اخبرتك انسة مريم واكتفيت من هذا الهراء.

وكأنما العملاق ينهض من سباته نهض ادوارد بهدوء وهو ينظر إلى مريم قائلا:

ــ هيا بنا سنذهب معا.

شكّل تصرفه صدمة لكل من بالمكتب فمد برنارد ذراعه عبر المكتب ممسكا بذراع برنارد مانعاً اياه من السير وهو يهتف:

ــ ابي! ماذا تقول؟

استدار ادوارد مخلصا نفسه من يده وقال:

ــ اعرف إنك ابني واعرف ما حدث بعد رحيلي، انها حياتي التي فقدتها، فقدت زوجتي، نعم عاشت ولكن بعيد عني، وفقدت ابني الذي يقف امامي الان كهلا في الستين من عمره، انا لا اعرفك حقا، اريد انا اعيش طفولة ابني وحياته اريد ان اربيه واستمتع بأبوتي، لا يوجد يا ولدي شيئا تستطيع تقديمه لي يعوض كل هذا، اسف ولكن انا سأذهب، لا مكان لي هنا.

سالت دموع ادوارد انهاراً لتشارك دموع مريم المصير في حين نظر برنارد لمريم هاتفا من بين اسنانه:

ــ عليك اللعنة ستفقدينني والدي بعد ان وجدته، كل هذه السنوات ابحث عنه ويوم اجده تأخذيه مني، اي لعنة هذه التي تسببت بها، لن اسمح لك ابدا بذلك لن اسمح. !!

ادوارد:

- إذا عدت الى الماضي فلن تحتاج الى هذا، لن تفقدني ولن تمضي السنوات تبحث عني، سأكون هناك معك، في كل لحظة سأرعاك واحميك، سأمنحك ما فقده كلانا.

ثم امسك برقبة برنارد وجذبه قليلا ليلامس جبهتيهما وقال:

- وداعا يا ولدي.

ثم سار ممسكا يد مريم وخرج من باب الغرفة تاركا برنارد كمن ضرب على رأسه مبهوتا لا يعي ما يفعل ثم هتف فجأة:

-انتظرا، عليا اللعنة ان فاتني هذا، سنحتاج المساعدة سأتصل بليزا لتلحق بنا.

عقدت مريم حاجبيها في ضيق

- وماذا نستفيد من وجودها هل تحتاج من ينسق مواعيدك الأن ؟؟

سقط برنارد على كرسي مكتبه وقال:

- سبب لقائي بليزا هو اهتمامنا المشترك بهذا المكان ليزا قضت معظم عمرها تبحث في تاريخ هذا المكان ولو ان هناك معلومة تحتاجينها عن تاريخه فلن تجدي أفضل منها لتخبرك بكل التفاصيل.

- لماذا تخبرنا بذلك الان لماذا لم تخبرنا من قبل وحرمتنا من هذه المعلومات

تنهد برنارد:

ـ لم احرمكم شيئا لقد اخبرتكم بالفعل كل ما اخبرتني به وما حصلت انا عليه في بحثي وكل ما اتمناه ان نجد لديها اضافة تنفعنا في هذه اللحظات الحاسمة

ثم رفع سماعة الهاتف دون ان ينتظر ردها وطلب رقم ليزا

******

استيقظ سعيد من غيبوبته وهو يئن دون ان يفتح عينيه قام بدفع الفراش بمرفقه السليم رافعا جذعه ليجلس ولكن يد التصقت بصدره دفعته للاستلقاء مثنية اياه عن الحركة ففتح عينه بصعوبة متطلعا حوله.

كان مستلقيا على فراش من اكوام التبن في كوخ صغير شديد الفقر ليس به الا هذا الفراش ووعاء صغير او اثنين بجوار موقد يدار بالأخشاب والفحم مبني من الطمي وبساط من جلد الغنم مهترئ زال معظم الوبر منه.

وكانت هي تقف بجواره.

نجمة الصباح وشمسه.

ملاك صغير جمع بين جمال المحيا والرقة والأنوثة

كانت اول الكلمات التي غادرت فمه هيا السؤال التقليدي الذي يسأله كل من فقد وعيه ليجد نفسه في مكان غريب:

- اين انا ؟؟

ابتسمت الفتاة وقالت وهيا تنزع قطعة من القماش عن جبينه وتضع غيرها باردة من وعاء امامها:

- انت في كوخ بنيامين لقد وجدك فاقد الوعي في أحد الحقول التي يعمل بها فحملك حملا إلى كوخه وأرسل لي أحد الصبية فحضرت على الفور.

اعادت الغطاء المصنوع من مجموعة مختلفة من الخرق خيطت معا فوق صدره ونهضت لتبدل الماء في وعاء الضمادات من وعاء فخاري بجوار الباب فسألها سعيد:

ــ ومن انت؟

ابتسمت في رقة:

ــ انا ماريانا ابنه صاحب هذه الارض التي أقف عليها.

ثم هتفت في مرح:

ــ لقد اخبرتك من انا واين تكون الا يجب انت تبادلني المجاملة وتعرفني بنفسك ؟؟

أسقط في يد سعيد ولكنه بعد تردد لم يجد بدا من قول بعض الحقيقة لا كلها فقال:

ــ اسمي سعيد ولقد كنت في طريقي عنما واجهت بعض اللصوص الذين سلبوني مالي وتسببوا في جروحي واصاباتي.

ــ كم عددهم ؟؟ وما شكلهم ؟؟

ــ لا اعرف الظلام كان دامسا ربما كانوا ثلاثة او اربعة لا أدرى.

ازال الضمادة عن راسه وحاول الاعتدال ولكنها نهته عن ذلك قائلة:

- أبقي مستلقيا لقد انهكتك الحمى وتلوث جرح قدمك لقد قام بنيامين برد ذراعك المخلوع وقمت بتضميد جراحك وتطهيرها ودهنت مرهما للحروق الغريبة بوجهك ولكنك بحاجة للراحة لقد كان رأسك يغلي كالقدر في الفرن.

نهض سعيد على الرغم مما قالته وهو يحرك ذراعه في دهشة إذا لم تكن مكسورة!! حركتها مؤلمة لا زالت ولكنها سليمة! لم يكن الالم بها كما توقع ابدا! رفع عينه الى ماريانا متأملا جمالها ثم قال:

- انت جميلة حقا ماريانا من الداخل والخارج انت ملاك حقيقي اشكرك على ما فعلتيه لي ولكن يجب ان اذهب لدي ما يجب ان أتمه اليوم ولا يحتمل التأجيل.

عادت ماريا بوعاء مليء بالمياه الباردة والضمادات واعادته بهدوء إلى الفراش دون ان يستطيع مقاومتها فاستلقى وتركها تضع ضمادة جديدة على رأسه قبل ان تقول:

- مستر سعيد عن أي يوما تتحدث انت طريح الفراش منذ ثلاث ايام.

الجمت المفاجأة سعيد فنهض بجزعه قليلا وقد اتسعت عيناه دهشة وقهرا ثم القى برأسه على الفراش ودمعة كبيرة تتجمع في عينيه.

هل فقد كل شيء ؟؟

لن يعود لمريم ود. حاتم ؟؟

لن يعود لعصره وحضارته ؟؟

هل صار حبيسا هذا الزمن اللعين ؟؟

وماذا عن الطاعون ؟؟

انتقل السؤال من عقله إلى شفتيه فالتفتت إليه ماريانا وهيا تهم بالخروج قائلة:

- أي طاعون ؟؟؟؟

ولما لم تجد اجابة هزت كتفيها وانصرفت بعد ان حيته ووعدته بالمرور عليه لاحقا.

تركته وفي رأسه يدور تساؤل واحد

اين الطاعون ؟؟؟

******

جاء بنيامين ليلا ...

دخل الكوخ وجال ببصره فيه فوجد سعيد يجلس في ركن الكوخ في الظلام فنزع قبعته والقاها جانبا في تعب وهو يقول:

- لماذا تجلس في الظلام؟

اضاء المصباح واتجه إلى وعاء فيه ماء فأغتسل وسعيد يراقبه دون ان يتكلم جفف بنيامين وجهه في خرقة وجدها ثم جلس امام سعيد ممسكا بلفافة جلبها معه وهو يقول:

- تبدوا أفضل الأن عنما وجدتك كانت حالك سيئة فعلا ما اسمك؟

اجاب سعيد وقد بدأ يتبسط قليلا:

- سعيد، عربي.

ضحك بنيامين ثم فرد اللفافة فإذا بها طعاما من اللحم والارز وقال:

- لا يهم من اين انت، انت ضيفي وهذا كل ما احتاج ان اعرفه، لابد أنك جائع، أبدأ سأوافيك في الحال.

ثم نهض فاحضر زجاجة وكوبان خمن سعيد ما فيها من مشروب فرفع يده قائلا:

ـ اعذرني انا لا اشرب الخمر.

فضحك بنيامين في بساطة وهو يجلس ويصب قليلا من السائل في الكوبان ويقول:

ـ واين لي بالخمر هذ عصير فاكهة ارسلته سيدتي وكذلك الطعام حتى تسترد عافيتك بسرعة كل ولا تخجل انه طعامك انت وانا ضيف عليك فيه ان قبلت ذلك.

تبسم سعيد لبساطة هذا الشاب الذي ينام على فراشة ويقيم في كوخة ثم يستأذنه في تناول طعام جلبه هو له كان نحيلا ولكن نحول الفهد ارتسمت كل عضله فيه بوضوح منقسمة عن جارتها خشن الثياب عاري الكتفين وذراعين لم ينجح في ازالة كل طمي الحقل عنهما تبدوا ملامحه بين الملاحة وخشونة العيش فقرر سعيد ان يحاول التبسط معه عله يصل لمعلومات عن وضعه اليوم فتناول قطعة لحم وناولها له قائلا:

ـ بالهناء والشفاء بل انا ضيفك وانت المضيف الكريم اويتني وعالجتني وها انا مدين لك بحياتي

لوح بنيامين بيده في استنكار معناه لا لست مدينا بشيء

وتناول حفنة من الأرز بيده دسها في فمه ثم نظر إلى سعيد وهو يقول:

- ماذا حدث لك؟ ان كنت تريد ان تقص علي تبدو من ذوي النعمة رغم ما عانيت ولكن ملابسك غريبة هل يلبسون هكذا في بلدك.

تنهد سعيد عندما تذكر بلده وما فقده في زمنه وسالت دمعة من عينه فربت على يده بنيامين بيد ممتلئة بالأرز وهو يواسيه:

- لا عليك لا اريد ان أثقل عليك ولكن سؤال واحد فقط وارجوا الا تعتبره من سوء أدأب الضيافة، هل لديك مكان تذهب اليه؟ اقصد هل ستبقى؟ أعنى ان كنت ستبقى فانا أرحب بك طبعا ولكن انت ترى الحال، أعنى ربما نجد لك عملا في أحد الحقول ويمكنك البقاء هنا معي ونتشارك الطعام.

صمت بنيامين دقيقة معطيا لسعيد الفرصة للكلام ولكن سعيد فعلا كان لا يدري ماذا يفعل او ماذا سيحدث غدا فربت بنيامين على كتفه وهو يتنهد ثم قال:

ـ حسنا سنجد لك عملا ولتبقى معي اخا عزيزا لا تحمل هما هيا كل أن هذا الطعام لن يتوفر طويلا.

ثم ضحك وعاد إلى مرحه وهو يترنم بأغنية ما فابتسم سعيد واكل معه وهو يشاركه الغناء وتعالت ضحكاتهم معا

*****

مضت اكثر من ساعة على ليزا وهي تدور في قلق في غرفتها عاجزة عن النوم او الاسترخاء حتى ، كانت غرفتها بسيطة لا توحي بالعجرفة التي قابلت بها مريم في بادئ الأمر مجرد فراش صغير وخزانة ملابس من دفتين وكومود بجوار الفراش فوقه مصباح صغير (اباجورة) وبعض اغراضها ولا يوجد فرش على الارضية إلا سجادة صغيرة دائرية في منتصف الغرفة وبجوار النافذة الوحيدة انتصب حامل وضعت عليه لوحة كبيرة احتلت معظم مساحة الجدار تناثرت عليها قصاصات من كل شيء تقريبا كتب مقالات من جرائد صور قديمة بالأبيض والاسود وكل ما عليها كان يضم موضوعا واحدا ..

الغرفة رقم ٣.

كانت الساعة قد تجاوزت الثانية عشر رسميا ولكنها كانت تعلم ان اليوم قد بدأ فعليا من مغرب الشمس فالظواهر الخارقة لا تعترف بقوانين جرينتش فاليوم يبدأ بالليل ثم النهار من الغروب إلى الغروب اي انهم فعليا وعمليا في يوم الثالث عشر منذ ساعات مضت ورغم ذلك لم تصلها اي اخبار!! وكانت عاجزة عن التفكير في الخطوة التالية لقد سرقهم الوقت وأصبحوا في منطقة الخطر.

زفرت وتوقفت علن الدوران متطلعة إلى اللوحة التي ثبتت عليها تاريخها البحثي كله وقالت لنفسها بصوت مسموع:

- ما المميز هذه المرة؟ لماذا تبدوا هذه المرة مختلفة عن سابقتها؟

كانت متأكدة ان اوان التراجع او محاولة انقاذ سعيد قد مضت بلا رجعة لقد ظفرت الغرفة بصيدها ولن تتركه الا بعد ان تنهي عملها.

اقتربت من اللوحة وانتزعت بعض القصاصات واخذت تطالعها علها تفهم ما غاب عنها عندما دق جرس الهاتف فدب النشاط في جسدها فجأة وقفزت عبر الفراش لتلتقط الهاتف في لهفة ووضعته على اذنها مرددة:

ـ هاي مستر برنارد ... حسنا ... لا شك في ذلك ... كما تأمر ... سأحضر على الفور ... سأتدبر امري لا تقلق.

بسرعة فتحت دولابها وانتقت قميصا قطنيا وبنطال من الجينز تحسبا لما قد يحدث ووضعت وشاحا صوفيا على كتفيها فليل لندن لا يستحب الاستهانة ببرودته وخرجت إلى الصالة بعد ان اختطفت حقيبتها، شقة صغيرة هي من حجرتين تقطن احداها في حين تقطن الاخرى صديقتها وشريكتها في السكن صوفيا ولكنها لسوء الحظ لم تكن في المنزل اليوم بل في زيارة لعائلتها في يوركشاير ولن تعود هذا المساء ومن ثم استغرق الامر منها لحظات لتأمين الشقة قبل ان يصدم هواء لندن البارد وجهها فارتجفت واسرعت إلى سيارتها الصغيرة من نوع ميني باك مان الرياضية ولم تمض نصف الساعة الا وكانت تترجل منها اما مبنى الفندق وهي تتطلع إلى السلم الغريب المستند إلى واجهة الفندق فقد بدا منفرا متناقضا مع جمال الحديقة ولكن الوقت لا يسمح بالتأملات الجمالية دخلت الفندق بسرعة وما ان دخلت غرفة برنارد حتى نهض من كرسيه مشيرا إلى مقعد بجوار الباب قائلا :

ـ اجلسي يا ليزا اعتذر عن استدعاءك في هذا الوقت.

تطلعت إلى الوجود وهي تغمغم:

- لن تكون المرة الأولى على كل حال.

تجاهل برنارد عبارتها الخافتة وان علت وجهه ابتسامة لجزء من الثانية قبل ان تختفي على الفور وهو يشير لمريم بالبدء بالحديث مخاطبا ليزا في نفس الوقت:

- ان الانسة مريم لديها خطة للخوض في هذا الوحل الذي غرقنا فيه وربما انقاذ سعيد فهلا استمعت اليها.

اعتدلت مريم في ضيق ونفاذ صبر وقالت متحاشية النظر لوجه ليزا:

- كما قلت للمرة العاشرة اعتقد ان لدي وسيلة لفتح الغرفة سأدخل أنا والعم ادوارد وستبقون في الخارج سنربط بعضنا ببعض عن طريق حبل مثلا ...

ثم اشارت إليهم جميعا وهي تواصل:

- واتقبل اي اقتراحات اخرى يمكننا مثل استعمال واكي توكي او اجهزة لاسلكي المهم ان نبقى على اتصال خطتي تعتمد على ان الكيان الذي اختطف سعيد يريدني بالداخل بل انه طلب مني محاولة انقاذه لذا سأحاول الوصول بالداخل لحل او طريقة لإنقاذه سأحمل معي عصا صعق كهربي فانا لا اجيد استعمال الاسلحة النارية ولا اظنها تجدي كما سأحمل مصحفا و ...

قاطعتها ليزا في هم:

ـ بل لا أظن أن أي مما ستحملينه سيجدي.

استمرت مريم في الكلام دون توقف وكأنها لم تسمع ليزا:

ـ سيساندني عم ادوارد طبعا وستكون مهمة الفريق الخارجي جمع المعلومات وتحليلها وارشادنا بالداخل لحلول قد تغيب عنا ساعة المواجهة كنت أفضل ان يكون لدينا كاميرا فيديو او شيء يجعلكم تروا ما نرى ولكن علينا ان نتعامل بما لدينا اختصاراً للوقت.

ـ لا اعتقد ان كل هذا يجدي لقد فات الوقت بالفعل.

كادت مريم تنقض لتقضم عنقها بأسنانها ولكن ادوارد امسك يدها في اللحظة الاخيرة مانعا اياها من ارتكاب جريمتها الاولى وسئل ليزا مستفهما:

ـ ماذا تقصدين بالضبط ؟؟ لماذا فات الاوان ؟؟

نهضت ليزا من مقعدها واخذت تجوب الغرفة شارحة ما في ذهنها قائلة:

ـ كل الحوادث السابقة والمسجلة على الاقل والمعروفة لدينا تفيد بأن يوم الثالث عشر من سبتمبر هو اليوم الذي تبدأ وتنتهي عنده كل الاحداث في هذ الغرفة وهذا اليوم بدأ بالفعل من مغرب يومنا هذا اي من ما يتجاوز الساعات الست وكل

الاحداث السابقة كانت نهارية اي حدثت في النهار قرابة نهاية اليوم ولكن الاحداث هذه المرة مختلفة فلقد بدأت الغرفة بالانغلاق على نفسها قبل موعدها ومن المعروف ان بمجرد انغلاق الغرفة فلا احد استطاع الدخول او الخروج من هذا المكان لذا اجد صعوبة شديد في تصور وجود مستر سعيد على قيد الحياة حتى الأن بعد ٦ ساعات تقريبا من بداية اليوم المشئوم وصعوبة اشد في فهم كيف يمكنك دخول المكان في حين اننا لا نعلم اي شيء عما حدث لمن اختفى بداخلها حتى اليوم، ومن ثم فدخول الغرفة في هذا التوقيت ـ هذا لو استطعنا الدخول ـ هو انتحار اكيد وبلا طائل في ظل غياب المعلومات عما يحدث بالداخل ونوعية الخطر الذي نواجهه حتى نستعد له .

ثم نظرت إلى مريم بطرف عينها واستطردت:

ـ انا أجد أن الدخول الأن ليس إلا فكرة غبية جدا حتى لو كان الدخول ممكنا فالتضحية بكليكما من اجل انقاذ شخص في عداد الاموات فعلا هو مغامرة انتحارية لإنقاذ جثة لا أكثر ولا اقل.

نهضت مريم هي الأخرى من مقعدها وقالت بعدائية واضحة مخاطبة ليزا وحدها:

ـ كل ما ذكرت لا يدل بحال من الاحوال على وفاة سعيد فكما قلت نحن لا نعلم ما حل بمن دخل الغرفة ولمعلوماتك بعضهم بقي على قيد الحياة بالفعل.

واشارت لأدوارد وهي تتابع:

ـ كما انه طبقا لما ذكرت الاحداث السابقة حدثت نهارا وقبيل الغروب بقليل مما يتيح لنا زمنا لا بأس به في محاولة انقاذ سعيد من هذا المصير المحتوم اما عن كيفية دخول الغرفة فلدي شيئا قد يمنحنا حرية الدخول وربما الخروج ايضا.

نظرت ليزا إلى ادوارد بتمعن ثم قررت ان الوقت ليس مناسبا للسؤال عن هويته فقالت لمريم:

ـ وما هذا الشيء الذي تدعي انه قد يمكنك من دخول الغرفة؟

مدت مريم يدها بالرسم الى ليزا التي تناولته باستخفاف ولكن ما ان وقت عيناها عليه حتى هتفت في رعب:

ـ يالا الجحيم هذا وسم الشيطان مامون Mammon

وتجمعت العيون كلها على وجهها الممتقع

******

جلس د. حاتم في فراشه وحيدا بين اليقظة والنوم يطالع ملف العملية كلها كان الندم يمزقه لإرسال سعيد ومريم إلى هذه الرحلة دون ان يعرف بالضبط ما سيواجهان ولكن لم يكن بيده خيار اخر فسنه الكبيرة وحالة قلبه الصحية صارت تمنعه من مزاولة مثل ذلك النشاط حتى انه ممنوع من ركوب الطائرات زفر في حنق ان الليلة هيا ليلة الجحيم في هذه الغرفة وسعيد بالداخل وقد مكث من غروب الشمس حتى الان يبحث في كل المعلومات التي لديه عله يستطيع ان يجد ما يخرج سعيد من هذا الفخ الذي سقط فيه لكنه زفر في حنق وهو يغلق الملف وهتف:

- اللعنة اي حماقة جعلته يبقى في الغرفة في هذا اليوم الاغبر عاد لفتح الملف مرة اخرى فإن كان جسده عليلا الا انه عقله مازال يعمل بكفاءة فليستخدمه كما ينبغي عله يستطيع انقاذ ما يمكن انقاذه عاد لقراءته عندما ارتفع رنين الهاتف بجواره فالتقطه بسرعة وضغط زر الاجابة ليسمع صوت مريم من الطرف الاخر فقال بسرعة مقاطعا اياها:

- لماذا لم تتصلي منذ سفرك ولم تجيبي على اتصالاتي؟ ماذا حدث؟ هل سعيد معك؟

اتاه صوت مريم عبر الأثير تشرح له كل ما كان منذ نزلت من الطائرة حتى اللحظة التي تخاطبه فيها وظل هو يستمع اليها في صمت حتى جاءت على ذكر الشيطان Mammon.

فقال في صوت عجزت ان تستشف مشاعره من خلاله:

- Mammon؟ هل انت واثقة؟، حسنا انا اعرفه او قرأت عنه ليس هناك معلومات كثيرة عنه ولكنه شيطان قوي ... نعم ما ذكرته ليزا صحيحا انه من عتاة الجحيم ومن اقوى الشياطين ... هذا يفسر الكثير حتى قصة ادوارد هذا ...حسنا سأخبرك كل شيئا فقط ابقي معي.

نهض من الفراش وغادر الغرفة إلى غرفة المكتب وبحث في مكتبتها قليلا قبل ان يصل إلى مبتغاه فالتقط الكتاب وفتحه ولم يستغرق طويلا حتى قال:

- Mammonاو Ammon أحد ماركيزات الجحيم وعتاة الشياطين تتمثل قوته الرئيسية في ربط حالات الماضي والمستقبل وكذلك الحفاظ على الغضب والسخط بين البشر لهذا يعرف ايضا باسم " شيطان الغضب " ... تمثيلات هذا الشيطان متنوعة للغاية في البعض منها يتمثل في شكل رجل ذو وجه بومة واسنان كلب بينما في البعض الاخر يظهر

كرجل برأس ذئب وذيل ثعبان لكن مع تعبير من الازدراء والكراهية دائما.

جاءه صوت مريم عبر الهاتف مقاطعا:

- هل تقصد انه ينتقل بين الحاضر والمستقبل ام يربط بين الحاضر والمستقبل لا افهم.

- صغيرتي المذكور عنه قليل للغاية وغير واضح تماما ما هي الا بضع سطور في كتاب قديم ربما مديرة المكتب ليزا هذه تعرف المزيد بما انها تعرفت الوسم ولكن لا تقدمي على حماقة ولا تحاولي الدخول عنوة فهذا الشيطان قوي جدا ان بعض المؤلفين يربط بينه وبين الاله امون في الحضارة المصرية القديمة لتشابه الاسماء ولكن هذا غير مؤكد.

- هل ذكرت اي وسيلة لهزيمته تعويذة اخرى او ما شابه

صمت د. حاتم قليلا ثم قال:

- انصتي واحفظي ما اقول فلا املك سحراً ولا تعاويذ ولكن سأعلمك كلمات علمها سيدنا جبريل لنبينا محمد هزم بها شيطان أرد ان يحرق رسول الله فانصتي لعلها تحميك مما هو أت وهذا اقوى سلاح أستطيع اعطاءك اياه هل تسمعين؟

- نعم

- قولي "اعوذ بكلمات الله التامات التي لا يجاوزهن براً ولا فاجر من شر ما خلق وذرا وبرا، ومن شر ما ينزل من السماء ومن شر ما يعرج فيها ومن شر ما ذرا في الارض ومن شر ما يخرج منها، ومن شر فتن الليل والنهار، ومن شر كل طارق إلا طارقاً بخير يا رحمن " حفظك الله بنيتي.

اتاه صوت مريم مرتجفا قليلا:

- سامحني سيدي فلقد بدر مني امور بشأنك وقلت مالا ينبغي لي قوله فارجوا من الله ان تسامحني.

دمعت عينا د. حاتم وهو يقول:

- اسامحك يا بنيتي لا ابالي بذلك فانا اعرف قلبك وانما هي لحظات لشيطان يتملكنا فليغفر الله لك كوني حذرة ولا تتهوري وعودي بالفتى سالمة.

اغلق المكالمة وجلس يبكي في صمت

******

دخل سعيد الكوخ والشمس توشك على المغيب مرهقا يقطر الماء من رأسه فألقى بفأسه و صرته جانبا ثم القى بنفسه على كومة التبن في ركن المكان والتي اضافها له بنيامين وهي الشيء الوحيد الذي تغير في الكوخ كانت شهورا ثلاث قد مرت على حياته في هذا الزمن يعمل في الحقول نهارا ثم يأوي إلى الكوخ في المساء منتظرا بنيامين الذي لا يأتي قبل ان تتجاوز الساعة التاسعة فيأكلان الوجبة الوحيدة في اليوم التي ينالها ثم يمضيان المساء في السمر يحكي له سعيد عن بلاده بتصرف ويحكي له بنيامين عن لندن التي امضى فيها طفولته   نمط يومي ممل ليس فيه جديد ولم يكن العمل بالحقول جديدا عليه فهو ابن الصعيد وشمسه الحارقة عمل في الحقول صغيرا وها هو يعود اليها شابا ولكن المعاملة هي ما يؤرقه فالمشرفين وناظري الزراعة لا يتوانون عن معاملة الفلاحين كالعبيد حتى انه رأى ناظرا الزراعة يضرب بالسوط احد الفلاحين حين سقط على الارض وهو يعمل مريضا لا يقوى على الحراك كان المرض قد بدأ ينتشر بين الفلاحين وكانت ماريانا كما هو متوقع تجول بين اكواخهم تقوم بما تستطيع لتخفيف ألامهم ولكنه لم يرها قط في كوخهما وكأنها تتجنب المرور على هذا الكوخ بالذات ربما لأنه وبنيامين لم

يصبهما المرض بعد فقد حرص يوميا على الاستحمام وغسل ملابسه في البحيرة القريبة من الفندق/القصر مراعيا ان يكون بالقرب من المكان عله يجد وسيلة للعودة رغم علمه بفوات الأوان على ذلك وانقضاء اليوم المشئوم تنهد في حزن وهو يتذكر وجه مريم الملائكي والعيشة الكريمة التي كان يعيشها رغم فقره على الاقل كان له فراش نظيف ومسكن محترم .

اخذته سنة من النوم استيقظ على صوت بنيامين وهو يدلف إلى الكوخ حاملا اللفافة المعتادة وما بها من وجبة اليوم حياه والقى اللفافة على الفراش التبني الفارغ ووضع حاجياته في الركن وجلس وهو ينظر لسعيد قائلا:

- هيه كيف كان يومك؟

- مرهقا كالعادة لا جديد

- حسنا هيا لنأكل

فتح اللفافة وكان بها دجاجة كاملة وارز وبعض الخضر نظر سعيد إلى الطعام ثم إلى بنيامين ثم سأله بحذر:

- بنيامين ... منذ ان استضفتني في كوخك – وان شاكر وممتن لذلك اشد الامتنان – وانت تأتي كل يوم بلفافة تحمل ما لذ وطاب من الطعام، من اين تأتي بمثل هذا الطعام ان ما

نحصل عليه من أجر لا يسمح بمثل هذه الرفاهية هل تسرق هذا الطعام ام ماذا ولا اقصد الاساءة ولكن الأمر محير نزع بنيامين ساق الدجاجة ووضعها في فمه وهو ينزع سترته قائلا بفم مليء:

- لا يوجد غموض في الامر ... بوف ... أن الامر لم يختلف عن اول يوم جلسنا فيه معا ... بوف ... سيدتي ترسل لك هذا الطعام حتى تسترد صحتك ... بوف ... فهي تعلم إنك غريب هنا وليس هناك من يعني بك هذا كل شيء هلم سيبرد الطعام. نهض سعيد من فراشه ونزع ساق الدجاجة من فم بنيامين وهو يقول:

- لقد استرددت صحتي منذ شهور وانا اعمل معك كل يوم بالحقول وليس هذا العمل المرهق إلا دليلا قاطعا على تمام شفائي ولكن الطعام لم ينقطع يوما والأنسة ماريانا تعرف مكاني وتعرف اين اعمل ولو كنت المقصود بهذا الطعام لكنت من يدخل به من هذا الباب.

صمت قليلا متطلعا لعيني بنيامين الزائغتين ثم قال:

- هلم بنيامين أخبرني، لو كانت هذا الاهتمام لي انا لرأيتها في كوخنا مرات عديدة، ولكني لم ارها إلا عندما افقت أول مرة، حتى إنها وعدت بزيارتي للاطمئنان على صحتي ولكنها لم

تأتي أبدا، واين تراها انت؟ أتذهب إلى منزلها كل يوم لإحضار الطعام وطمأنتها على أحوالي !! انا لا اصدق ما تقول هيا أخبرنا كل شيء السنا صديقين.

اطرق بنيامين وتوقف عن مضغ قطعة الدجاج التي تبقت في فمه ثم نهض وخرج من الكوخ ليقف على الباب فتبعه سعيد ووقف على مسافة خلفه دون ان يتكلم.

ظل بنيامين دقيقة صامتا ثم بدأ يتكلم شاردا:

ـ أنا فقير ... فقير جدا ... توفى والدي الواحد تلو الأخر وهما يعملان في هذه الحقول ليتركاني صغيرا لم اتجاوز الثانية عشر ... أواني أحد اصدقاء ابي وسعى لأعمل في داخل المنزل الصيفي لمستر جورج فلم أكن اقوى بعد على العمل الشاق في الحقول وهناك رأيت ماريانا.

صمت قليلا ثم تابع:

ـ جميله رقيقة ابنه التاسعة تتألق عيناها في الشمس كلجة من باء البحر لعبنا معا وكبرنا معا حتى توفي صديق ابي وانا في الثامنة عشر وصار المستر جورج لا يأتي كثيرا إلى منزله الصيفي وتم الاستغناء عني أذ كان المنزل يغلق لفترات طويلة فعدت للعمل بالحقول وسكنت هذا الكوخ ولكني لم أستطع ان انسي القصر ولا ماريانا.

حرك رأسه في عصبية وهو يبكي:

- صدقني لقد حاولت ولم أستطع نسيانها ... وعرفت أني أحبها ... أحبها بجنون ... وبعد سنوات وانا كل يوم اذهب إلى القصر لعلي اراها وقد عادت حتى قابلته.

صمت لحظة ثم قال:

- عمها العجوز ... رجلا مقيت شرير عفن ... ومن حياتي في القصر كنت اعرف عنه الكثير ... انه رجلا اسود من الداخل والخارج يمارس اشياء تندرج تحت مسمي السحر ... قابلته في يوم مشئوم وطلبت منه شيئا ... شيئا يجلب لي حبيبتي ... وطلب هو اشياء صرت اساعده واجلب له ما يريد من اشياء وطلبات حتى وفى بوعده ولم يكن يعلم ان حبيبتي هي ابنة اخيه ... اعطاني قارورة لأسكبها وصلوات لأتلوها في طريقها ووعدني ان تعشقني بجنون بعدها ...

فغر فاه سعيد في دهشة وقال:

- هل سحرت ماريانا لتحبك؟ يالك من شخص حقير.

هتف بنيامين:

- من انت لتحكم علي؟ انت لم تعش ما عشت من عذاب بعد فراقها، على كل حال لم أستطع تنفيذ هذا، لم اتمكن، انتظرت وانتظرت حتى عادت ماريانا، شابة جميلة ملاك تنقصه

الاجنحة رقيقة كالنسيم ذكية طيبة القلب، وكنت انتظر هذه اللحظة حاملا قارورتي وصلواتي ولكن عندما رايتها توقف قلبي ... تجمدت لا سكبت قارورة ولا تلوت كلمات فقط وقفت أحدق بجمالها مشدوها مسحورا. لقد سحرتني قبل ان اسحرها ... ولقد تعرفتني على الفور ... واحتضنتني ... نعم القت بنفسها في حضني في سعادة ثم سحبتني في يدها كالمنوم بعيدا عن الانظار وهناك اخذت تسألني عن حالي وماذا صنعت في حياتي ومضيت بعد ان وعدتني ان تمر على كوخي للاطمئنان علي ثم توالت لقائتنا وصارحتها بحبي ووجدتها تحمل لي نفس الحب لقد تعذبت في بعدي كما تعذبت وتحققت احلامي كلها ... وصرت كل يوم اذهب قرب البحيرة لألقاها منذ جئت انت إلى كوخي لم نعد نستطيع اللقاء هنا.

زفر سعيد في حزن على صديقه وقال في هدوء:

- هل تريد مني ان اصدق أنك لم تسحرها وان ماريانا احبت أحد خادمي ابيها.

ظل بنيامين صامتا لحظة ثم دخل إلى الكوخ لحظات وعاد بقارورة زرقاء صغيرة ممتلئة والقاها القاء في يد سعيد وهو يقول:

- ها هي القارورة التي اعطانيها الساحر العجوز لم استعملها ... ولا قطرة انسكبت منها ... لقد كان حبا طاهرا بلا رياء او أطماع.

- طاهرا ... يا فتى تريد ان تقول إنك تقابل الفتاة في كوخك لتبثها اشعارك وكلماتك بعيد عن الاعين ولم يحدث بينكم شيء ؟؟

- بل حدث ... لقد تزوجنا.

وكانت الصدمة هائلة على رأس سعيد فوقف مبهوتا وبنيامين يكمل وهو يحدق في الفراغ:

- لم نستطع ان نبقى على هذه الحال طويلا وكان محتوما ان يقع بيننا ما تخشاه ولم أستطع ان اتقهقر او اخزلها لم أستطع ان احنس بوعدي لها ولكن ابيها لم يكن ليقبل بزواجنا ابدا.

اخذ نفسا عميقا ثم استطرد وهو ما زال شاردا في ذكرياته:

- في ليلة بلا قمر تسللنا إلى المدينة وذهبنا إلى الكنيسة وعقد لنا القس هناك بعد الحاح منا وصارت ماريانا زوجتي التي لا أستطيع فراقها ولا أستطيع لقاءها إلا لماما

تراجع سعيد للخلف ثم دار حول نفسه كان ما يسمع متوقعا ولقد خمن معظم القصة فهو يعرف ان ماريانا انجبت من أحد الفلاحين ... انجبت!! يا إلهي !!

ـ ان ماريانا تحمل طفلا اليس كذلك هذا هو سبب همك الأن انت ضائع بسبب هذا الطفل المنتظر، تكلم هل هذا حقيقي؟

بكي بنيامين بشدة وهو يسقط على ركبتيه من الألم الذي يشعر به في صدره وقال من بين دموعه:

ـ ان علم ابيها بذلك ستكون نهايتها ونهاية طفلي ونهايتي ... ستكون نهايتنا جميعا لقد سافر ابيها منذ شهور وبقيت ماريانا وحدها في المنزل مع الخدم وعمها الشرير يزورها كثيرا وأخشى ان يظهر الحمل عليها فيلاحظه هذا الشرير او ان تأتيها ألام الولادة بعد عودة ابيها وقتها سيفتضح كل شيء وستكون نهايتنا حقا.

اشتد بكائه للحظة ثم قال:

ـ انها ابنة ابيها الوحيدة ولحسن الحظ لم تكبر بطنها كثيرا لذا تتعمد ارتداء الملابس التي تخفي حملها انها على وشك ان تلد، لو استطعنا ان نتجنب الكارثة القادمة سأحمل الطفل وحبيبتي بعيد سأهرب من هذا المكان.

التفت لسعيد في هذه اللحظة وهو يقول:

ـ لا امل لي غير ذلك ان ....

قطع عبارته عندما لم يجد سعيد حيث وقف منذ دقائق فدفن وجهه في كفيه وجلس يبكي في صمت

وائل سامي

******

******

وقف الاربعة في الردهة امام باب الغرفة في رهبة ينظرون اليه منتظرين اللحظة التي يتحرك فيها احدهم منذرا بالبدء متوترين كذيل حية الجرس يكفي صوت واحد او لمسة غير مقصودة ليقفز الواحد منهم اميالا في الهواء برنارد يحمل طرف حبل لف طرفه الاخر حول وسط مريم وادوارد تباعا في حين حملت مريم في يدها عصا صاعقة لا تعلم بالضبط كيف ستفيدها ولكنها تمنحها بعض الامان وفي اليد الاخرى قلم ماركر اعدته لرسم الرموز على الباب الرموز التي لم تنسها وكأنها حفرت في باطن جمجمتها وكان ادوارد مستسلما تماما وكأنه سلم تماما بفكرة موته بالداخل والحقيقة انه ليس لديه ما يخسره فعلا فلو مات انتهي عذابه ولو عاد تحقق مراده وفي كلا الحالتين سيرتاح اخيرا اما ليزا فلم تكن تدري ما دورها بالضبط فوقفت مترقبة لما سيحدث ..

اخذت مريم شهيقا حبست انفاسه في صدرها لحظات قبل ان تطلقه في هدوء حاولت ان ينتقل إلى اعصابها المتوترة ثم التفتت إلى ليزا وسألتها:

ـ هل انت واثقة مما اخبرتني به؟

قالت ليزا في توتر:

ـ لقد اخبرتك ما اعلم، ليس في يدي مراجع في الامر ولم يذكر أحد انه علما يثق به ولكن هذا ما اعلمه هذا الشيطان ليس له هدف إلى تعميق الخلاف بين البشر واثارة الغضب والسخط واستقرارهم في النفوس واثارة المشاحنات والضغائن لم يذكر وسيلة لهزيمته ولكن هناك معتقد ان رسم الوسم بشكل مقلوب قد يصرفه ولكن هذا غير مؤكد هذا كل ما اعرفه لا اعلم شيئا عن ربط حالات الماضي والحاضر او نقل الافراد في الزمن.

شهيقا اخر أطلقته مريم ونظرت إلى ادوارد الذي اشار اليها بالبدء ثم إلى برنارد الذي وافقه في توتر وهو يبتلع ريقه ثم اتجه إلى حامل طفاية حريق في الردهة وربط الحبل فيها ثم لفه من الوسط على ساعده قائلا:

ـ حتى لا نضيع جميعاً.

اومئت مريم براسها ثم اتجهت إلى الباب وبدأت برسم الوسم على الباب تماما كما رأته في حلمها وما ان انتهت من الرسم حتى تراجعت خطوة إلى الخلف تنتظر ما سيحدث ولكن ...

مرت دقيقة ولم يحدث شيء ... اي شيء ... الباب لم يتحرك ولم يفتح! بل لم يبد ان هناك اي تأثير يذكر زفرت ليزا واشاحت بوجهها وهيا تغمغم:

ـ كنت اعلم ان هذا لن يفلح

رمقتها مريم بنظرة نارية ثم امسكت برأسها محاولة التذكر

وهي تقول بصوت خفيض:

ـ هناك شيء ما مفقود ولكن ما هو ؟!!

قال ادوارد وهو يربت على كتفها:

ـ هل نسيت أحد الرموز؟ لا بأس ستتذكرين فقط ركزي

افكارك وستتذكرين.

ـ ليس أحد الرموز انا اذكر الرمز جيدا لقد تكفل الشيطان

بحفره في ثنايا عقلي لقد ارادني هنا ولكن الوسم لا يعمل هناك

شيء مفقود

قال برنارد في ضيق:

ـ ربما كلمة او عبارة تقال مثلا حاولي التذكر الوقت يمضي

وتذكري إنك من اتيت بنا لهذه المواجهة فلا تجعليها بلا طائل.

حكت مريم رأسها في حنق وقالت:

ـ لم يكن لي صوت في الحلم على الاطلاق حتى انني لم

أستطع النداء على سعيد هناك شيئا اخر بالتأكيد.

" الدماء "

قالت ليزا الكلمة السابقة فجفلوا جميعا لحظة وكأنهم نسوا

وجودها بينهم ثم قالت مريم:

- ماذا تقصدين ؟؟

زفرت ليزا مرة اخرى:

- يالك من غبية ... في حلمك الغبي رسمت الرمز بالدم ربما هذا ما ينقص.

اخرج برنارد سكين الجيش السويسري متعددة الاستعمالات وفرد نصل السلاح قائلا:

- اسف ليس حادا تماما ولكنه سيفي بالغرض

نظرت مريم إليه باستنكار من حماسه المبالغ فيه لطعنها بسكين بارد وترددت لحظة ثم تناولت السكين من يده الممدودة ووضعت النصل على راحتها في تردد وأخذت شهيقا عميقا حبسته في صدرها وهي تمرر النصل على راحتها ولكن النصل لم يقطع الا جلد راحتها محدثا خطا على بشرتها دون ان تسيل دماء زفرت مريم ما حبسته في صدرها من هواء قائلة:

- ان النصل بارد

هز برنارد كتفيه وقال:

- هذا ما ذكرت

اندفعت ليزا فخطفت السكين من يدها وامسكت راحتها بحنق وغضب ثم بغل خرزت طرف السكين في راحتها فصرخت مريم وليزا تنزع السكين من يدها لتسيل الدماء وقالت لمريم:

ــ هكذا يا حمقاء

اندفعت مريم لتقبض على عنقها وقد قررت ان جريمتها الاولى ستكون اقتلاع عينيها ولكن برنارد وادوارد حالا بينها وبين ليزا وقال ادوارد:

ــ لا وقت لهذا أسرعي قبل ان تتجلط الدماء

في حين زفر برنارد وهو يتمتم:

ــ يالا النساء

سيطرت مريم على اعصابها بصعوبة ورمقت ليزا بنظرة نارية قبل ان تقترب من الباب مرة اخرى وبدأت برسم الوسم مرة اخرى ولكن بالدماء هذه المرة ومرة اخرى تراجع الجميع إلى الخلف ومريم تطبق يدها محاولة وقف النزيف ومرت لحظة لم يحدث فيها شيء قبل ان يشتعل الوسم فجأة شهقت لها ليزا في رعب والنار تنتشر بشكل دائري مكونة فجوة سوداء مشتعلة الاطراف ثم تجمد المشهد عندما توقفت النار عن الحركة وكأنما قررت ان ما احدثته يكفي مخلفة

فجوة سوداء نارية الاطراف فقال برنارد وعيناه على الفجوة السوداء:

- لماذا لم نفكر في حرق الباب

هزت مريم رأسها في عدم تصديق وقالت:

- هل تظن ان النار كانت ستفلح بحرق الباب

اشار إلى الفجوة قائلا:

- لقد فعلتها الان.

اشاحت بوجهها فلم تكن رائقة البال لمناقشة اثار النار على الباب او التغلب على هذا الغباء واعادت ترتيب اشياءها وتأكدت من وجود المصحف في جيبها ثم نظرت الى ادوارد الذي ابتسم لها مشجعا ثم شهيق وزفير لتهدئ اعصابها ثم بدأت العبور...

ورن هاتف مريم ...

رنين طويل جفلت منه وقفز ادوارد في الهواء قبل ان تلتقط الهاتف في حنق لترى من المتصل وكان المتصل هو برنارد !!!!

التفتت مريم في دهشة الى برنارد الذي رفع الهاتف من على أذنه وقال لها:

- استقبلي المكالمة واتركي الهاتف مفتوح على وضع مكبر الصوت هكذا سنستطيع التواصل بيننا فنجذب الحبل إذا واجهتما خطرا ما.

ابتسمت مريم ابتسامة شاكرة له وفعلت كما قال وعادت تلتفت إلى الفجوة بعد ان وضعت الهاتف في جيبها.

مدت العصا الصاعقة اولا التي ما ان تجاوزت حد الباب حتى اختفى طرفها تماما فنزعتها مريم وهي تقول:

- هذا ليس ظلاما هناك شيئا يقاوم يدي

قالت ليزا في حنق:

- اذهبي عليك اللعنة لن تبقى هذه الفجوة للأبد انت من جلبنا إلى هنا فلا داعي لإثارة رعبنا الان ان كنت بهذا الجبن فلما جررتنا خلفك إلى هنا

سالت دمعة من عين مريم وهي تقول:

- من اجل سعيد

ثم قفزت إلى الفجوة

واختفت تماما.

****

"ابي ليس عليك ان تلحق بها"

امسك برنارد كتف والده واستطرد قائلا:

- انت رجل في الستين من عمرك ... ماذا يمكنك ان تفعل بالداخل ... لا حاجة لك بذلك انا هنا ... ولدك هنا ... وليس هناك شيئا إلا الموت ارجوك تراجع.

نظر له ادوارد في صمت ثم قال بيأس:

- لن تفهم ابداً

ثم قفز إلى الفجوة وما ان قفز حتى وجد نفسه داخل الحجرة.

ولكن اي حجرة

كانت الجدران تنز بسائل اسود لزج كالطمي والنار تشتعل في كل شيء ومريم.

كانت مريم في منتصف الغرفة قائمة على ركبتيها في وسط دائرة النار التي ترسم شكل الوسم الشيطاني ولكن النيران عالية جدا تهدد من يجرؤ على الاقتراب بالحرق حيا

كانت مريم في حالة سيئة جد ا ممزقة الملابس واثار صفعات ترتسم على وجها وقد تمزقت شفتها السفلى وسال خيطا من الدم من انفها ليختلط بالدماء التي انبثقت من شفتيها المقطوعة وقد فقدت عصاها التي ارتمت في ركن المكان محطمة تماما ولم يكن في يدها إلا الهاتف المحمول وقد تمددت زراعيها باسترخاء بجوارها وكأنما فقدت التحكم بهما كفوفها مفتوحة والهاتف مستقر بيدها اليمنى لا يصدر سوي اصوات شوشرة

لا تشي بجودة الاتصال في حين تعالت في المكان اصوات ترانيم شيطانية تعد القربان القادم للشيطان.

لقد تأخر كثيرا ... ولكن متى؟؟؟ لم يتأخر سوى لحظة متى حدث كل هذا ؟؟؟؟

كان الان في حالة يرثى لها لا يعرف ماذا يفعل ما الخطوة التالية.

كانت الغرفة خالية من اي اثاث والدائرة النارية كبيرة شملت معظم الغرفة حتى صار يقف بصعوبة تلفح النيران وجهه، نار بلا دخان ولكنها حقيقية تماما.

وبكل قوته نادى على مريم التي لم يبد عليها انها سمعته فضلا عن الرد عليه فصرخ محاولا ان يصل صوته إلى الهاتف المفتوح فوق صوت الترانيم الذي تعالى بشدة:

- أنقذنا يا برنارد ... أنقذنا يا ولدي ... أسرع ... أسرع.

وجذب الحبل بكل قوته، وعلى الفور ما ان شعر برنارد بجذبة الحبل وسمع صوت والده الذي اختلط بشوشرة عظيمة لم تنجح في ايصال اصوات ما يحدث بالداخل إلا كضوضاء غير مفهومة ولكنه جذب الحبل بكل قوته وهو يهتف:

- ساعديني يا ليزا ابي يموت.

كان رغم سنه قوي البنية واندفعت ليزا تمسك طرف الحبل وتجذب معه ولكن رغم قوته ومساعدة ليزا لم يتحرك الحبل قيد انملة.

وواصل برنارد الجذب حتى التهبت يداه فلف الحبل حول وسطه وتبعته ليزا في ذلك ولكن دون فائدة حتى ارتخت يداه وتوقفت ليزا عن الجذب فنظر اليها في ياس وفجأة ارتفع صوت من الهاتف.

صوت مقيت كريه له تأثير مرور اقدام فأر على جلدك في نفسك ارتفع فجأة في وضوح وبدون ضوضاء بكلمة واحدة واضحة جلية:

- دوري .....!!!!

وما ان انتهت اخر حروفها حتى انقلب الحال واندفع برنارد وليزا إلى الامام بقوة إثر جذبة قوية حتى كادا يسقطان داخل الفجوة فثبت برنارد كفيه في إطار الباب دافعا جسده إلى الخلف والحبل يعتصر وسطه قبل ان تنهار مقاومته في نفس اللحظة التي نجحت فيها ليزا في تخليص نفسها من الحبل ليسقط في الفجوة وتنغلق خلفه تماما.

التقطت ليزا الحبل الذي سقط على الارض ممزق الطرف والهاتف الذي سقط من يد برنارد قبل ان يضيع للأبد داخل الفجوة.

كانت تلهث في عنف وقد أسقط في يدها ولم يكن التليفون يصدر غير شوشرة إستاتيكية مزعجة فألقته جانبا واسرعت تسبق الريح إلى غرفة المكتب وما ان وصلت حتى التقطت الورقة التي رسمت عليها مريم الوسم من قبل وفاتحة الخطابات التي تشبه السكين وعادت بسرعة ترتقي السلم ثلاثا ثلاثا حتى وصلت إلى الباب، طعنت راحة يدها فانطلقت شهقة الألم من حلقها ولكن الدماء سالت على كفها فأسرعت تنقل الوسم بالدماء على الباب ورسمت وما ان انتهت حتى تراجعت إلى الخلف في لهفة لما سيحدث ولكن.

لم يحدث شيء !!!

اي شيء !!!

سال دمها على الباب كالماء بلا تأثير وسالت دموعها على خديها في قهر فهجمت على الباب تضربه بقضتيه وتركله بكل قوتها وهي تهتف في ثورة عنيفة وهي تصرخ في جنون:

ـ انه يريدها هي ... لماذا هي وليس انا لماذا ؟؟. افتح ايها الشيطان اللعين ... ايها الملعون ... انا أولى منها بالدخول ...

ايها الحقير المقيت ... ايها الشيطان ... ايها الشيطان ... عليك ألف لعنة ... ألف لعنة.

ثم انهارت على الارض مسندة ظهرها على الباب وهي تدفن وجهها في زراع وبالأخرى تضم ركبتيها إلى صدرها واخذت تنتحب في يأس وهي تقول وسط دموعها:

- سامحيني يا جدتي ... لم أستطع انا افعل هذا ... لم أستطع ... انه لا يريدني ... لقد خذلتك ... خذلتكم جميعا ارجوكم سامحوني ... سامحوني ...

ثم غابت عن الوعي وهي تنشق دموعها وترتجف

على باب غرفة الجحيم

الغرفة رقم ٣

*****

ما ان وطئت قدمي برنارد الغرفة حتى خارت قدماه فسقط على الأرض يلهث بشدة

كان يشعر انه هبط إلى الجحيم بقفزة واحدة النيران في كل مكان والحرارة شديدة وفقط ليكتمل المشهد في الجحيم انتصب خمسة من الاشخاص في مسوح الرهبان حول دائرة النار وقد توارت وجوههم في قلنسوات واسعة غطت رؤوسهم ويتمتمون بصلوات وترانيم ترددها اصوات غير مرئية من

خلفهم ومريم في المنتصف ممزقة الثوب والوجه زاهلة تماما يحوم حول المكان اروح خفيفة شفافة وشيء كالدخان اسود الكثيف استقر فوق رأس مريم !!

ما ان استوعب المشهد امامه حتى انقض اثنين من الرهبان او الشياطين لا يدري انقضا عليه فحملاه ودفعاه إلى الجدار وهم ما يزالون يرددون الصلوات

انتبه في هذه اللحظة إلى الطمي اللزج الذي يسيل على الجدران ورأى ابيه فاقد الوعي مصلوب عاري الجذع على الحائط المقابل وقد تم وسمه بالنار بوسم الشيطان في منتصف صدره فأخذته الحميه واخذ يقاوم في عنف ولكن هيهات ثبته الراهبان إلى الحائط فوجد نفسه يرتفع عليه ملتصقا بغير مثبت حتى صار في وسط الجدار مصلوبا كأبيه في وضعيه المسيح كما رأتها في الكنائس مرارا ثم اشار الراهب الايسر اليه فتمزقت ملابسه وتعرى جزعه ثم اشار الاخر فهربت من فم برنارد صرخة الم والوسم يرتسم على صدره بنار خفيه تكوي جلده حتى سقط رأسه على صدره مغشيا عليه مع اكتمال الوسم .

اما في وسط الغرفة فانتصبت مريم على ركبتيها يقف فوق راسها هذ الظل الشرير وما ان استقر برنارد على الحائط

حتى دار حول مريم وهبط امامها ليتشكل ببطء إلى اخر صورة يتوقعها أحد.

صورة العجوز الصارخ التي التقطتها كاميرات سعيد من قبل !! قبل ان يتبدل وجهه في سرعة إلى وجه بومة شريرة قبيحة وجسد رجل عاري الجزع في نصفه العلوي في حين بدت ساقيه مشعرة ذات حوافر كأقدام عنزة ثم تضخم واستطال حتى لامس سقف الغرفة وفتح صدره ليسقط منه سعيد على الارض بلا حراك.

والترانيم تتسارع ... وتتسارع ...

عاد الشيطان الى حجم بشري وهو يتطلع إلى سعيد على الارض ثم تحسس شعر مريم برفق قبل ان يقبض على راسها بقوة فصرخت مريم وفتحت عينيها ورأت ...

رأت نفسها تحلق في سماء غرفة لها ستائر جميله وفراش وثير ووسائد مخمليه في كل مكان وفرش رائع

نظرت حولها في دهشه ثم اكتشفت انها تطير ولكن لم يتملكها اي خوف وإن استقر في قلبها انها تحلم ... وستستيقظ من الحلم في اي لحظة لتواجه الكابوس

دخل الغرفة في هذه اللحظة خمسة رجال في اثواب الرهبان قاموا بإزالة كل شيء من ستائر ومفروشات حتى الفراش تم حله واخراجه من الغرفة !!

ثم دخل الغرفة شيخان وفتاة جميلة شفافة كالملاك امرها أحد الشيخان بالجلوس في منتصف الغرفة ففعلت وخلع عباءتها وألقاها جانبا كانت ترفل في ملابس شفافة فضفاضة لا تكاد تستر جسدها فضمت يديها إلى صدرها في خجل ولكن الشيخ العجوز لم يحفل بما يرى وتناول وعاء به خليط ما اخذ يرسم به ذات الوسم اللعين حول الفتاة والشيخ الاخر يتابع بلا تدخل حتى انتهى

فوقف يلهث متأملا عمله ثم قال:

ـ استدعهم سنبدأ الأن لا وقت للتأخير

اجابه الشيخ الاخر في تردد

ـ هل انت واثق ألبرت مما تفعل هل انت واثق انه لن يؤذي ابنتي

اجابه الشيخ الاخر في صبر

ـ انها ابنتي ايضا فانا عمها وأحبها مثل ابنتي لا تخشى شيئا

خرج الشيخ غير مطمئن ولكنه عاد ومعه الخمسة الذين رأتهم من قبل في مسوح الرهبان وبيد كل منهم كتيب صغير جدا

التفوا حول الدائرة ونظروا إلى الشيخ الذي عرفنا انه عم الفتاة كانت الشمس قد قاربت الغروب وصارت الرؤية معتمة قليلا تقدم العم وسقى شيئا ما في قارورة للفتاة المذعورة فأصابها هدوء غريب وتراخى كتفاها وزراعاها بجوارها فخلع عمها الغلالات الرقيقة التي تغطي جسدها فصارت عارية تماما فشهق الأب وهو ينظر إلى الرجال الواقفين في جزع وقال للعم:

- ماذا تفعل هل جننت؟

اشار له العم بالصمت وأمره بالتقدم داخل الدائرة حتى وقف جواره تماما فأشار للرجال فبدئوا الترتيل بلغة غير مفهومة وتلي العم والاب صلوات خاصة لاستحضار الشيطان وفجأة هبت في وجوههم ريح قوية حارة فاغلق الجميع عينيه حتى مريم وما ان فتحت عينيها حتى رأته ...

وقف مامون كرابعهم في داخل الدائرة وفوق رؤوسهم ولكنه لم يكن متجسدا بل اشبه بظل رقيق شفاف لا يبيين سوى حدود جسده ولكنها عرفته، اخذ يطوف فوق رؤوسهم وتسارعت الترانيم وكان الاب يرتعد خوفا مما دلها انها ليست الوحيدة التي تراه انحني العم واراح ظهر الفتاة على الارض وثنى

ركبتيها واشار الى الأب بسكين نحيل في يده تناوله الاب في غير فهم وقال:

- ماذا تقصد بهذا ؟؟

جز العم على اسنانه وقال:

- اخبرتك انه يجب ان تسيل دماء العذراء داخل الدائرة بيد أكثر من تحب ها هي العذراء وانت أكثر من تحبه ماريانا في الوجود افعلها الان ليس مستحبا اغضابه.

نظر الاب فوق راسه للظل الطائر ثم إلى ابنته وتنهد واقترب من فخذ ابنته ليحدث جرحا ولكن...

"لا"

هتف العم وقد تجمد وجهه في غضب واشار بين ساقي الفتاة وهو يقول:

- يجب ان تسيل دماء العذراء بيد من تحب ... دماء بكارتها ظننتني واضحا ...

القى الاب المسكين سكينه في فزع وهو يهتف:

- تريدني ان أفض بكارة ابنتي بيدي ايها المجنون لقد كانت ماريانا على حق الا اثق بك أهكذا تحبها كأبنتك عليك اللعنة عليك اللعنة فليلعنك الرب.

وهم بالخروج من الدائرة في غضب ولكن الظل الشيطاني استقر فوق كتفيه وارتفع عواء ذئب رهيب في المكان وكأن اطنانا وضعت على كتفي الاب فعجز تماما عن الحركة وسقط على ركبتيه وهو يبكي وينشج فقال العم وهو يناوله السكين.

- لا تراجع الأن ولا خروج من الدائرة إلا بعد الانتهاء من الطقوس كاملة والا الموت لنا جميعا تذكر لماذا انت هنا يا أحمق ستنقذ حياة الاف الارواح فقط بدماء بكارتها افعلها قبل ان يقتلنا جميعا.

ثم اخذ يتلو صلواته ويردد ورائه الرهبان كانت ماريانا ذاهلة تماما لا تدري بما يحدث ومريم تحلق فوق الجميع خفيه لا يراها أحد تضع يد على فمها ويد على قلبها في رعب وخوف على مصير الفتاة والاب ينظر إلى السكين في يده غير مصدق ثم نظر الى العم وقال:

- أفض بكارتها بسكين !!

قال العم وهو مغمض العينين:

- يجب ان تسيل دماء بكارتها ... بغزارة ... انها سكين خاص صنعت لتعطي هذا الأثر لا تقلق لن تؤذيها كثيرا افعلها فور توقف الصلوات.

جلس الأب بين ساقي ابنته والشيطان فوق كتفيه والعم يردد ويردد صلوات وصلوات ثم توقف كل شيء وفتح العم عينيه وقال:

ـ افعلها الآن

بكى الاب واقترب من ابنته ولكنه تراجع مرة اخرى وهو يهمس بشيء ما فصرخ العم:

ـ افعلها الآن

فقال الاب ذاهلا:

ـ انها ليست عذراء ... ليست ... ماذا فعلت في غيابي ايها اللعين ...

وانقض على العم في غضب عارم وقبل ان يفهم العم ما حدث كان مقبض السكين يطل من صدره فوق موضع القلب واكفهرت السماء ودوي صوت الرعد وسالت الدماء بغزارة ولكن ليس دماء المسكينة بل دماء الساحر الذي قام غير مصدقا ودماءه تسيل لتسير في خطوط الدائرة فتشتعل النار وما ان اكتملت دائرة النار في ثوان قليلة حتى اخترق الشيطان جسد الساحر فصرخ وصرخ الاب وجسد الساحر يذوب ويتساقط لحمه فتأكله النار فحمل الاب ابنته على ذراعيه وهرع في رعب إلى خارج الدائرة فالغرفة يتبعه الرهبان وهم

يدارون وجوههم عن المشهد الرهيب ثم اختفى كل شيء من امام عيني مريم ففتحت عينيها وشهقت ...

كان الشيطان مازال ممسكا برأسها وامام عينيها وقف سعيد ممسكا بذات السكين الذي رأته في حلمها ...

وفهمت ما هو مقدم عليه.

سالت دموعها في غزارة وهي تهتف في يأس:

- لا يا سعيد لا تفعل ذلك ارجوك

لكن سعيد لم يكن واعيا وكأنه منوم ... جثة متحركة تحمل سكينا بلا روح كان الشيطان يتملكه بالكامل ورغم ذلك هتفت مريم:

- سعيد قاوم ارجوك تحرر من هذا الشيطان انت مؤمن وليس للشيطان سبيل على المؤمنين ارجوك يا سعيد قاوم.

ادار الشيطان رأسها ففقدت التحكم بجسدها فالقاها ارضا امام سعيد.

كان التأثير دراميا وسط النيران وسعيد يتقدم منها ومريم تمتم بصوت خفيض والاروح تدور في المكان بسرعة والرهبان يتلون الصلوات للشيطان وسعيد يقترب ويقترب حتى صار بين ساقيها وهي لا تقوى على الحراك وفجأة صرخ سعيد وصرخ الشيطان بصوت رهيب ومد يده فلطم مريم ولكنها لم

تتوقف عن التمتمة وما ان انتهت حتى خمدت نيران الدائرة واشتعلت النيران في جسد الشيطان الذي اخذ يصرخ ويدور في المكان كالمجنون وتبعثرت الاروح في الهواء ولاذت بالفرار مخترقة جدران الغرفة وذاب الرهبان في الهواء ولم يبقى الا الشيطان الذي ملئت صرخاته الرهيبة المكان وسعيد ينفض رأسه ليتحرر من سيطرته ومريم التي تحررت فاندفعت تحتضنه وهي تبكي في رعب حتى تلاشي الشيطان وخبت النيران عن جسد شفاف .. روح لرجل عجوز منهك نظر إلى مريم في عرفان وقال كلمة واحدة:

- اشكرك

ثم تلاشى في الهواء بلا أثر

بقيت مريم في منتصف الغرفة تحتضن راس سعيد وتقبل جبهته وتبكي حتى افاق سعيد تماما فنظر اليها في شرود وكان اول ما قاله:

- مريم ؟؟ ما الذي اتى بك إلى هنا؟ اين انا؟ ما الذي حدث ؟؟

احتضنته بشدة وسط دموعها واستكان هو بين زراعيها حتى هدأت فساعدها وساعدته على النهوض كانت الغرفة في اسوء حال تتصاعد فيها رائحة اللحم المحترق والدخان وتلوث جدرانها الاوحال وعلى الجدران رأت برنارد وادوارد فهتفت

في سعيد ان يساعدها في تخليصهم من الاوحال التي غطتهم كان قد سقطا على الأرض غائبين عن الوعي فأسرع سعيد يحمل ادوارد الغائب عن الوعي وهو يسأل مريم:

- من هؤلاء وماذا حدث؟

ساندت مريم برنارد الذي كان قد بدأ يفيق قليل وهي تهتف في سعيد:

- ليس الأن يا سعيد ستفهم كل شيء... ولكني لن اسامحك ابدا ... ابدا.

فتحا باب الغرفة فنفتح بسهولة ليفاجئا بليزا وعدد كبير من العاملين والنزلاء امام الباب ولكنها ــ مريم ـكانت متعبة جدا جدا فشقت طريقها في الزحام يتبعها سعيد بعد ان تركت ادوارد وبرنارد للعاملين وظلت تسير حتى خرجت من الفندق تماما وهطل المطر بغزارة ليغسل شرور الليلة ومريم تبكي بحرقة فضمها سعيد اليه لتفرغ مشاعرها على صدره.

لقد انقضى الشر اخيرا ودحر الشيطان وانطفئت ناره ...

وتحررت الغرفة من شيطان سكنها اجيالا طوال ...

وعاد سعيد اليها ... واغلقت قضية الغرفة ...الغرفة رقم ٣ ... للأبد

*****

في المطار كان الوداع حاراً وكانت معاملة ليزا مختلفة جدا وبرنارد العجوز وابيه في سعادة بعد ان تخلى الاب عن فكرة العودة للأبد!

تبادل الجميع العناق والسلام ثم مالت ليزا على مريم ولثمتها على خدها وقالت:

- سامحيني يا مريم على معاملتي السابقة لك لقد كنت حمقاء مندفعة.

- لا عليك لقد انتهى الامر.

- ولكن أخبريني كيف تغلبت على الشيطان وحدك في حين كان الرجال غائبون عن الوعي

- كلمات ... كلمات رددتها كما رددها سيدنا جبريل على مسامع سيدنا محمد صلى الله عليه وسلم فدحر بها الشيطان لقد قفزت إلى ذهني في اللحظة الاخيرة وقبل ان يقوم سعيد ب

....

صمتت في ألم وهي تتذكر هذه اللحظة فربتت على كتفها ليزا وقالت:

- لا عليك ... لقد ظننتك رسمت الوسم مقلوبا.

ضحكت الفتاتان في سعادة وتصافح الرجال وانطلقت الطائرة إلى القاهرة.

في حين كان اللقاء عاصفا في مكتب د. حاتم الذي انهال بالتقريع والسباب على سعيد لبقائه في الغرفة في هذا اليوم وعلي مريم التي لحقت به معرضة نفسها للخطر وعلى الشيطان مامون وعلى الجحيم وعلى كل من جاء اسمه في عقله في هذه اللحظة حتى هدأ وسعيد ومريم يقفان مطرقين امامه في خجل فقال وهو ينظر الى وجوههم:

ـ الحمد لله على سلامتكم لقد خفت كثيرا عليكم سامحاني.

اندفع الأثنان ليعانقاه وسالت دموعه بغزارة وهو يتمتم:

ـ لقد قلقت كثيراً حمدا لله على سلامتكم حمدا لله.

في نفس الوقت كانت ليزا تعبر مدخل أحد دور المسنين وكأنما تعرف طريقها جيدا اتجهت إلى أحد المقاعد بالحديقة وجلست عليها بجوار سيدة عجوز تجاوزت التسعين من عمرها وقالت دون مقدمات:

ـ لقد انتهى الأمر يا جدتي ... قُتل الشيطان

قالت العجوز شاردة: